人猿泰山全译精编插画系列（全25种）

人猿泰山
之
智斗恐龙

［美国］埃德加·赖斯·巴勒斯/著
赵 颖/译

Tarzan the Terrible
by Edgar Rice Burroughs

图书在版编目（CIP）数据

人猿泰山之智斗恐龙 /（美）埃德加·赖斯·巴勒斯
著；赵颖译． —— 上海：上海文艺出版社，2018
（人猿泰山全译精编插画系列）
ISBN 978-7-5321-6868-2

Ⅰ．①人… Ⅱ．①埃… ②赵… Ⅲ．①长篇小说－美国－现代 Ⅳ．①I712.45

中国版本图书馆 CIP 数据核字（2018）第 202837 号

书　　名：	人猿泰山之智斗恐龙
著　　者：	[美国] 埃德加·赖斯·巴勒斯
译　　者：	赵　颖
责任编辑：	蔡美凤
装帧设计：	周　睿
责任督印：	张　凯
出　　版：	上海文艺出版社
出　　品：	上海故事会文化传媒有限公司
	（200020　上海市绍兴路74号　www.storychina.cn）
发　　行：	上海文艺出版社发行中心
	（上海市绍兴路50号）
印　　刷：	上海中华印刷有限公司
开　　本：	889毫米x1194毫米　1/32　印张7.25
版　　次：	2018年11月第1版　2018年11月第1次印刷
ＩＳＢＮ：	978-7-5321-6868-2/I·5480
定　　价：	25.00元

版权所有·不准翻印

故事会 大众文化出版基地　　上海故事会文化传媒有限公司 出品（00811）www.storychina.cn

上海故事会文化传媒有限公司所有图书可办理邮购，免收邮费（挂号除外）
汇款地址：上海市绍兴路74号(200020)　收款人：上海故事会文化传媒有限公司出版发行部
联系电话：021-64338113
如发现本书有质量问题，请与印刷厂质量科联系 T:021-60829062

人猿泰山全译精编插画系列（全25种）
编　委　会

总　策　划：夏一鸣
主　　　编：黄禄善
副 主 编：高　健
编辑成员

（按姓氏笔画为序排列）

田　芳　朱崟滢　李震宇　张雅君
胡　捷　夏一鸣　高　健　黄禄善　詹明瑜　蔡美凤

百年文学经典 文化传播之最
人猿泰山驰骋的奇幻世界

黄禄善

美国文学史上不乏这样的作家：他们生前得不到学术界承认，死后多年也不为批评家看好，然而他们却写出了最受欢迎的作品，享有最大范围的读者。本书作者埃德加·赖斯·巴勒斯即是这样一位作家。自1912年至1950年，他一共出版了一百多本书，这些书涉及多个通俗小说门类，而且十分畅销，其中不少被译成多种文字，在世界各地广为流传。当代科幻小说大师亚瑟·克拉克曾如此表达对他的敬仰："埃德加·赖斯·巴勒斯具有重要地位。是巴勒斯，激起了我的创作兴趣。"另一位著名通俗小说家雷·布莱德伯利也说："埃德加·赖斯·巴勒斯也许可以称为世界历史上最有影响力的作家。"然而，正是这个被众人交口称誉的作家，对前来采访的记者说："我不认为我的作品是'文学'。"而且，面对众多书迷的"如何走上文学道路"的提问，他也只是轻描淡写地回答："那是因为我需要钱。我35岁时，生活中的一切尝试都宣告失败，只好开始搞创作。"

确实，埃德加·赖斯·巴勒斯在从事文学创作前，有过一段十分坎坷的生活经历。他于1875年9月1日出生在美国芝加哥，父亲是南北战争期间入伍的老兵，后退役经商。儿时的巴勒斯对未来充满了幻想，曾对人夸口说父亲是中国皇帝的军事顾问，自己住在北京紫禁城，并在那里一直待到10岁才回国。但是，后来的事实表明，这一良好愿望只不过是一团泡影。从密歇根军事学院毕业后，他在美国骑兵部队服役，不久即为谋生四处奔波。他先后尝试了许多工作，包括警察和推销商，但均不成功。1900年，他和青梅竹马的女友结婚，之后两人育有两儿一女。接下来的日子，埃德加·赖斯·巴勒斯是在贫困中度过的。为了养家糊口,他开始替通俗小说杂志撰稿。他的第一部小说《在火星的卫星下》于1912年分六集在《故事大观》连载。这部小说即刻获得了成功,为他赢得了初步的声誉。同年,他又在《故事大观》推出了第二部小说,亦即首部"泰山"小说。这部小说获得了更大成功。从此,他名声大振,稿约不断,平均每年出版数部书。第二次世界大战期间,他以66岁的高龄奔赴南太平洋,当了战地记者。1950年3月19日,埃德加·赖斯·巴勒斯因心力衰竭在美国逝世。

埃德加·赖斯·巴勒斯是美国文学史上第一个重要的通俗小说家。他一生所创作的通俗小说主要有四大系列。第一个是"火星系列",包括《火星公主》《火星众神》和《火星军魁》。该"三部曲"主要讲述一位能超越死亡界限、神秘莫测的地球人约翰·卡特在火星上的种种冒险经历。第二个系列为"佩鲁塞塔历险记",共有七部。开首是《在地心里》,以后各部依次是《佩鲁塞塔》《佩鲁塞塔的塔纳》《泰山在地心里》《返回石器时代》《恐惧之地》《野蛮的佩鲁塞塔》,主要讲述主人公佩鲁塞塔在钻探地下矿藏时,不小心将地壳钻穿,并惊讶地发现地球核心像一个空心葫芦,那里住着许多原始人,还有许多古生动物和植物。1932年,《宝库》杂志开始连载埃德加·赖斯·巴勒斯的第三个系列,也即"金星系列"的首部小说《金星上的海盗》。该小说由"火星系列"衍生而出,但情节编排完全不同。主人公卡森·内皮尔生在印度,由一位年迈的神秘主义者抚养成人,并被教给各种魔法,由此开始了金星上的冒险经历。该系列的其余三部小说是《金星上的迷失》《金星上的卡森》和《金星上的逃脱》。第五部已经动笔,但因"二战"爆发而搁浅。

尽管埃德加·赖斯·巴勒斯的"火星系列""佩鲁塞塔历险记"和"金星系列"奠定了他的美国早期重要通俗小说作家的地位,但他成就最大、影响也最大的是第四个系列,也即"人猿泰山系列"。该系列始于1912年的《传奇诞生》,终于1947年的《落难军团》,外加去世后出版的《不速之客》,以及根据遗稿整理的《黄金迷城》,总共有25种之多。中心人物泰山是一个英国贵族后裔,幼年失去双亲,由母猿卡拉抚养长大。少年泰山不仅学会了在西非原始森林的生存本领,还具有人类特有的聪慧。凭着这一人类特性,他懂得利用工具猎取食物,并从生父遗留下来的看图识字课本上认识了不少英文词汇。随着时光流逝,他邂逅美国探险家的女儿简·波特,于是生活发生急剧变化,平添了无数波折。接下来的《英雄归来》《孤岛求生》等续集中,泰山已与简·波特结合,生了一个儿子,并依靠巨猿和大象的帮助,成了林中之王,又通过一个非洲巫师的秘方,获取了长生不老之术。再后来,在《绝地反击》《智斗恐龙》《真假狮人》《神秘豹人》等续集中,这位英雄开始了种种令人惊叹的冒险,足迹遍及整个西非原始森林、湮没的大陆。

从小说类型看,"人猿泰山系列"当属奇幻小说。西方最早的奇幻小说为英雄奇幻小说,这类小说发端于古希腊荷马史诗《伊利亚特》和《奥德赛》,成形于19世纪末英国小说家威廉·莫里斯的《世界那边的森林》,其主要模式是表现单个或群体男性主人公在奇幻世界的冒险经历。他们多为传奇式人物,有的出身卑微,必须经过一番奋斗才能赢得下属的尊敬;有的是落难王子,必须经过一番曲折才能恢复原有的地位。在冒险中,他们往往会遭遇各种超自然邪恶势力,但经过激烈较量,正义战胜邪恶,一切以美好告终。人猿泰山显然属于"落难王子"型主人公。他本属英国贵族后裔,却无端降生在无名孤岛,并险些丧命。在人迹罕至的西非原始森林,他与野兽为伍,经历了难以想象的生存危机。终于,他一天天长大,先后战胜大猩猩和狮子,又打死猿王克查科,并最终成为身强力壮、智慧超群的丛林之王。值得注意的是,埃德加·赖斯·巴勒斯在描写人猿泰山的这些经历时,并没有简单地套用英雄奇幻小说的模式,而是融入了自己的创造。一方面，他删去了"魔法""仙女""精灵"等超自然因素；另一方面，又增加了较多的现实主义成分。人们在阅读故事时，并不觉得是在虚无缥缈的奇幻天地漫步，而是仿佛置身栩栩如生的现实主义世界。正因为如此，"人猿泰山系列"比一般的纯英雄奇幻小说显得更生动、更令人震撼。

毋庸置疑，人猿泰山驰骋的奇幻世界是"人猿泰山系列"的又一大亮点。在构筑这一虚拟背景时，埃德加·赖斯·巴勒斯显然借鉴了亨利·哈格德的创作手法。亨利·哈格德是19世纪英国著名小说家，自80年代中期起，他根据自己在非洲的探险经历，创作了一系列以"遗忘的年代，湮没的城市"为特征的奇幻作品。譬如《所罗门王的宝藏》，述说一个名叫阿兰的猎手在两千多年前的奇幻王国觅宝，几经曲折，终遂心愿。又如《她》，主人公是非洲一个奇幻原始部落的女统治者，她精通巫术，具有铁的统治手腕，但对爱情的执着酿成了她一生最大的悲剧。"人猿泰山系列"的故事场景设置在人迹罕至的原始森林，在那里，虎啸猿鸣，弱肉强食，险象环生。正是在这一极端恶劣的环境中，泰山进行了种种惊心动魄的冒险。在后来的续篇中，埃德加·赖斯·巴勒斯还让泰山的足迹走出西非原始森林，到了传说中的亚特兰蒂斯、废弃的亚马逊古城，甚至神秘的太平洋玛雅群岛。所有这些埃德加·赖斯·巴勒斯笔下的荒岛僻壤，与《所罗门王的宝藏》《她》中"遗忘的年代，湮没的城市"如出一辙。

如果说，亨利·哈格德的"遗忘的年代，湮没的城市"给"人猿泰山系列"提供了诡奇的故事场景，那么给这个场景输血补液的则是西方脍炙人口的动物小说。据埃德加·赖斯·巴勒斯的传记，儿时的他曾因体弱多病辍学，并由此阅读了大量西方文学著作，尤其是鲁德亚德·吉卜林的《丛林故事》、欧内斯特·西顿的《野生动物集》、杰克·伦敦的《野性的呼唤》。这些小说集动物故事、探险故事、寓言故事、爱情故事、神秘故事于一体，给埃德加·赖斯·巴勒斯以深刻印象。事实上，他在出道之前，为了给自己的侄儿、侄女逗乐，还写了一些类似的童话故事，其中一篇还在《黑马连环漫画》上刊登。西方动物小说所表现的是达尔文和斯宾塞的"物竞天择""适者生存"，体现了自然主义创作观。以杰克·伦敦的《野性的呼唤》为例，主要角色布克原是法官的看家狗，过着养尊处优的生活。但有一天，它被盗卖，并辗转来到冰天雪地的阿拉斯加，当起了运输工具。在那里，布克感到自然法则无处不在：狗像狼一般争斗，死亡者立刻被同类吃掉。但它很快学会了生存，原始的野性和狡诈开始显现，并咬死了凶残的领头狗，最终为主人复仇，加入了荒野的狼群。"人猿泰山系列"尽管将"弱肉强食"的雪橇狗变换成了虎、狮、猿以及由猿抚养长大的泰山，但这些人猿、半人半兽之间的殊死争斗同样表现出"生存斗争"的残忍。特别是泰山攀山越岭、腾掠树梢，战胜对手后仰天发出的一声长啸，同杰克·伦敦笔下布克回到河边纪念它的恩主被射杀时的长嚎简直有异曲同工之妙。

鉴于"人猿泰山系列"成书之前曾在《故事大观》《宝库》等杂志连载，不可避免地带有杂志文学的某些缺陷，如情节雷同、形象单调，等等。历来的文论家正是根据这些否定"人猿泰山"的文学价值，否定埃德加·赖斯·巴勒斯的文学地位。但"二战"以后，尤其是20世纪70年代之后，随着西方通俗文化热的兴起，学术界对于"泰山"小说的看法有了转变，许多研究者都给予积极评价，肯定埃德加·赖斯·巴勒斯的美国奇幻小说鼻祖地位。而且，"读者接受"是评价一部作品的最佳试金石。"人猿泰山系列"刚一问世，即征服了美国无数读者，不久又迅速跨出国界，流向英国、加拿大和整个西方。尤其在芬兰，读者简直到了如痴如醉的地步。一本本英文原著被译成芬兰语，一版再版，很快取代其他本土小说，成为最佳畅销书。更有甚者，许多西方作家，包括芬兰、阿根廷、以色列以及部分阿拉伯国家的作家，在埃德加·赖斯·巴勒斯去世后，模拟他的套路，创作起了这样那样的"后泰山小说"。世纪之交，埃德加·赖斯·巴勒斯的"人猿泰山系列"再度在西方发酵，以劳雷尔·汉密尔顿、尼尔·盖曼、乔·凯·罗琳为代表的一大批作家，基于他的"泰山"小说模式，并结合其他通俗小说要素，推出了许多新时代的奇幻小说——城市奇幻小说，并创造了这类小说连续数年高踞《纽约时报》畅销书排行榜的奇观。而且，自1918年起，"泰山"小说即被搬上银幕。以后随着续集的不断问世，每年都有新的"泰山"影片上映和电视剧播放，所改编的影视版本之多，持续时间之长，观众场面之火爆，创西方影视传播界之"最"。2016年，华纳兄弟影业又推出了由大卫·叶茨导演、亚历山大·斯卡斯加德等众多知名演员加盟的真人3D版好莱坞大片《泰山归来：险战丛林》。21世纪头十年，伴随迪士尼同名舞台剧和故事软件的开发，"泰山"游戏又迅速占领电脑虚拟世界，成为风靡全球的少年儿童宠爱对象。此外，西方各国还有形形色色的"泰山"广播剧、"泰山"动漫、"泰山"玩偶，等等。总之，今天的"泰山"早已超出了一个普通小说人物概念，成了西方社会的一种文化符号、一种文化象征。

优秀的文化遗产是不分国界的。为了帮助中国广大读者欣赏埃德加·赖斯·巴勒斯、读懂埃德加·赖斯·巴勒斯，了解当今风靡整个西方的奇幻小说的先驱，上海故事会文化传媒有限公司组织翻译了这套"人猿泰山系列"，这也将是国内第一套完整的"人猿泰山系列"。译者多为沪上高校翻译专业教师，翻译时力求原汁原味、文字流畅，与此同时，予以精编、插画。相信他们的努力会得到认可。

目 录

前言	人猿泰山驰骋的奇幻世界	1
1	猿人	001
2	"至死不渝"	009
3	潘娜特丽	021
4	可怕的泰山	031
5	格雷夫峡谷	041
6	兽人	050
7	丛林诡计	062
8	光明之城阿鲁尔	069
9	血染的祭坛	078
10	禁园	085
11	死刑	095
12	强壮的陌生人	104

13	冒名顶替的人	112
14	格雷夫神庙	120
15	国王死了	130
16	暗道	140
17	金湖边	146
18	吐鲁尔的狮子洞	155
19	狩猎女神	164
20	沉寂的夜	172
21	疯子	180
22	骑格雷夫旅行	189
23	活捉	197
24	死亡信使	204
25	回家	211

人物介绍

泰山：丛林之王，踏上寻妻复仇之路。

塔登：霍顿人，白色皮肤，身上无毛，身后垂着长长的尾巴。

欧玛特：狮子谷的瓦兹顿人，黑色皮肤，和霍顿人一样有尾，浑身长满黑毛。

潘娜特丽：瓦兹顿人，容貌美丽，是欧玛特的爱人。

欧罗拉：霍顿人，阿鲁尔城的公主，端庄秀丽，与塔登相爱。

简：泰山的妻子，美丽、高贵，穿戴已经当地化，和欧罗拉一致。

埃萨特：瓦兹顿人，狮子谷的酋长。

鹿丹：霍顿人，阿鲁尔城的总祭司。

柯坦：霍顿人，阿鲁尔城的国王。

雅丹：霍顿人，塔登的父亲，雅鲁尔的酋长。

摩萨尔：霍顿人，吐鲁尔的酋长。

布拉特：霍顿人，摩萨尔的儿子。

潘萨特：霍顿人，鹿丹手下小祭司。

奥本格兹：德军中尉，发疯后自封雅本欧索真神。

Chapter 1

猿　人

夜半时分，一头猛兽在丛林树影下悄无声息地潜行。它头向地面低伏，黄绿色的眼睛瞪得大大的，强健的尾巴在身后摆动，整个身体因要捕捉猎物而轻轻颤动。月光不时穿过丛林在地面上投射出斑驳的光影，这头大猫小心翼翼地躲过明亮的空地。尽管地面上到处都是细枝、树叶，它走在上面却不发出任何声响，至少迟钝的人类听不到这些声响。

百步之外，狮子看中的猎物也在悄悄移动，它毫无顾忌地穿过月亮在丛林中投射下的光影，可能在它看来，这里没什么威胁。不像四足前行的狮子，它用脚直立行走，而且除了头顶上乱蓬蓬的黑发，身上的其他地方并没有毛。它上肢匀称、壮硕；双手有力，指尖纤细，大拇指几乎长到食指第一个指节的位置；双腿也很有型，但和大多数人类不同，大脚趾几乎和脚成直角，长得很奇怪。

这个生物在月光投射下的林间空地上停了下来，转过身仔细聆听后方的声音,月光之下,一副面孔轮廓分明,那坚毅之美能吸引外部世界的全部注意。但它是"人"吗?藏在树上的人很难判定,因为当这个生物穿过月亮的光影继续前行时,在它腰间的兽皮围裙之下,赫然垂着一条长长的无毛的白尾巴。

这个生物手拿大棒,右肩斜挎着一把带鞘短刀,左肩斜挎着一个小包,围裙和肩带被一条腰带扎着。腰带似乎包着金,在月光下熠熠放光,中间的搭扣装饰华丽,像有无数宝石在闪烁。

狮子一点点向猎物靠近,而猎物也不是毫无知觉,它不断回过身倾听,眼睛望向狮子潜伏的方向,但并没有加快速度,只是在空地允许的范围内大踏步前行,不过,刀已出鞘,手里的大棒也做好了随时防御的准备。

穿过茂密的树林,这个人形生物进入了一片没什么树木的开阔地带。它犹豫了一下,快速向后方看了看,紧走几步,进入大树的树影之下。不过,似乎有什么急切的愿望超越了恐惧和担忧,它又继续走进林间空地。空地中间有大树可以作为庇护所,它也刻意选择这些有树的地方前行,此时,它正穿过第二棵树的树影,向下一个树影走去。这两棵树之间是一片空地,狮子瞅准了这个时机,越出藏身之所,尾巴高高竖起,向猎物冲了过去。

两个月来,泰山历经了饥渴、困苦、失望和撕心裂肺的痛苦,不过,这一切总算过去了,妻子终于有了下落。泰山从死去的德国上尉留下的日记中得知,他的妻子简还活着。在英国东非探险情报部门的协助之下,泰山进一步了解到,陆军中尉奥本格兹带领一支德军小分队,押着简穿过边境进入了刚果境内,试图把简藏起来,至于隐藏简的原因,只有德国最高统帅部知道。

泰山开始自己去找简。他成功地找到了一个曾经羁押简的村落,不过,简在几个月前逃走了,那个德国军官也一起失踪了。

从当地酋长和士兵那里只能得到一些模糊或自相矛盾的消息，泰山努力拼凑这些信息，大致判断出简可能逃走的方向。

泰山离开村子，向西南方向进发。路上穿越了一片广袤的干草原，草原上荆棘密布，极其难走。历经各种艰难之后，他终于走出草原，来到了一个白人从未涉足的区域，这片区域对它周边的国家来说，只是个传说。这里到处都是泰山难以通过的高山大川、河水纵横的平原和又软又湿的大片沼泽。功夫不负有心人，经过几个星期的寻找，泰山终于找到可以穿过沼泽的路，不过，路上到处都是毒蛇和其他危险的爬行动物。有好几次，他都瞄到有大型爬行怪兽出现。但这里犀牛、大象和其他怪兽众多，很难断定瞄到的到底是什么。

克服了难以想象的困难，泰山终于穿过沼泽，站到了坚实的土地上，也明白了为什么人类的足迹尽管遍布南极、北极，却没有在这里留下痕迹。自猿人褪掉毛发开始直立行走，人类就在不断蚕食地球的土地，抢占低等生物的栖息地。这片坚实的土地可能是人类没有踏足的最后净土，是飞禽走兽最后的庇护所。这里物种丰富，有的物种泰山熟悉，不过，经过自然进化，呈现出新的多样性；有的则经久不变，保持了原生状态。

在这些丰富的物种中，泰山注意到一种有着黄黑相间毛皮的狮子，要比泰山熟悉的狮子个头小一些，但有着锐利的獠牙而且更加凶猛，十分可怕。这种狮子的出现让泰山相信，非洲丛林中确实曾有老虎出没。作为另一个时代的尖牙厉兽，它与狮子杂交生下了泰山遇见的这种小型猛兽。尽管与泰山熟悉的狮子不是一个种类，但体格特征都很一致，唯一不同的是，它们没有褪掉幼年时期的豹纹斑点，而是一直保留了下来。

尽管没有任何迹象表明简进入了这块美丽的禁地，但经过层层排除，她的逃跑路线只有这一种可能，泰山坚信，只要简还活着，必定是向这个方向走的。这里人迹罕至、山高水深、猛兽出没，泰山无法猜测简究竟是如何穿越沼泽的，但内心的信念促使他坚信，妻子成功穿越了沼泽，而且就应该在这块禁地里寻找她。

泰山和狮子时常会选择猎捕同一个猎物，有时泰山赢，有时狮子赢。不过，这里猎物众多，还有很多野果可以果腹，所以不管输赢，泰山很少饿肚子。泰山很奇怪，这么一个富饶的地方，为什么没有人烟呢？想来是因为炎热干旱、荆棘密布的草原和可怕的沼泽形成了一道天然的屏障，使它幸免于人类的侵袭。

几经寻找，泰山终于发现了一条越过高山的通道，走到了山的另一边，那里同样是富饶之地，猎物众多。在山谷口，有一片树木茂密的平原和一个水坑，泰山在那里轻易地抓住了一头鹿。天近黄昏，四足捕猎者的吼叫声四起。泰山没有在峡谷里找到合适的休息场所，扛着死鹿，下到平原来。平原的另一侧有一片高大的林木，不过，在泰山眼里，就是广袤的丛林而已。泰山向森林走去，走到半路，发现一棵孤零零的大树，树枝横斜，正好可以做晚上休息的地方，美美地睡一觉。

泰山爬到树上，吃了些鹿肉，把剩余的鹿肉放到一根离地面很高的树枝上，然后回到他早就选好作为睡床的树杈里，下一秒就进入梦乡，虎豹狼虫的嘶吼都已不再入耳。丛林里各种正常的响声对泰山来说，不是侵扰，相反可以安眠；不过，不寻常的声响，尽管对文明社会的人来说是难以听到的，却很少能逃过他的耳朵。草地上传来的脚步声立刻让睡梦中的泰山清醒过来，进入警戒状态。平常人从睡梦中醒来时，往往会迷糊一会儿，但泰山不同，和其他丛林生物一样，眼睛一睁开，他就整个清醒了，无论是脑子，还是身体的各个器官都一样地清醒、敏锐。

泰山发现有一个几乎全裸的白人正向他藏身的这棵树走来，同时也看到了白人身后垂着的长长的白尾巴。白人身后不远处，尾随着一头狮子，正准备发动进攻。猎物和捕猎者都保持静默，一片死寂，似乎预示着悲剧即将达到高潮。一眨眼就看到这么紧迫的情况，电光石火间，泰山已经做出判断和决定。因为没有时间过多思考攻击的方式，他手持父亲留下的刀——那刀锋可是尝过很多狮血的，就像跳水运动员从跳板上往水里扎一样，一头扎向狮子。

锋利的狮爪在泰山身上留下了一道深深的抓痕，可他也趁此机会骑到狮背上，用刀猛刺狮子。那个人形生物没有逃跑，也没闲着，当发现意外被救后，立刻转身协助泰山。他手持大棒，对准狮子的脑袋死命敲下去，狮子立刻不动了；泰山又补了几刀，狮子一阵痉挛，心脏彻底停止了跳动。泰山兴奋地跳起来，脚踩狮子，面朝月亮，发出胜利的长啸，丛林里长啸声回荡。人形生物被长啸声吓得后退了好几步，不过看到泰山把刀插回刀鞘，转向他，那么斯文有理，也知道对方并无恶意。

两人站在那里相互打量，人形生物率先打破沉默。泰山完全听不懂他在说什么，但是，流利的语言表明，他和泰山拥有类似的智慧，也就是说，尽管长着尾巴，手指和脚趾像猴子一样，他却应该是个"人"——"猿人"。

猿人发现，泰山身上流血了，赶忙从口袋里拿出一个小包，向泰山比画着，希望他躺下来，接受治疗。泰山顺从地躺下，猿人把伤口扒开，把小包里的药粉撒在伤口上，药粉引发的刺痛，比伤口本身的疼痛厉害得多，不过，泰山已经习惯了各种伤痛，默默地忍受着。药效神奇，很快伤口就止血了，而且也不疼了。

泰山尝试使用各种方言和猿的语言来与猿人交流，但显然他都听不懂。眼见无法交流，后者走向前来，把自己的左手按在自己的心脏上，右手按在泰山的心脏上，这应该是未开化人种表达友好的方式，泰山意识到他应该回以同样的动作。对方看到泰山的回应很高兴，又"叽里咕噜"说了半天，泰山一个字也没听明白。最后，那个人仰起头来，使劲向空中嗅了嗅，又指了指树枝上的鹿肉，再指了指自己的肚子，这下连最愚钝的人都明白是怎么回事了。泰山大手一挥，邀请客人上树分享鹿肉。客人十分灵活，像猴子一样先攀上一个小枝，又用尾巴做辅助，很快就爬到鹿肉那里，把鹿肉割成小块，安静地吃着。泰山坐在树杈上，观察着他的客人，发现手脚和尾巴并用之下，很多人类已有的功能得到了强化。

泰山好奇，猿人到底是属于某个陌生的人种呢，抑或只是一种返祖现象的产物，似乎后者更有可能。说实在的，要不是猿人就在眼前，泰山觉得自己的这两个猜测都是不合理的。但是，活生生的猿人就在眼前，长着尾巴，手脚都像猴子，身披装饰精美的腰带。这种精美的金石镶嵌只有技艺高超的匠人才能做到，泰山无法确定，这些装饰到底是猿人自己做的，他的同类做的，还是别的人种做的。

客人享用完鹿肉，从身边的树枝上摘了片树叶，擦了擦嘴和手指，看着泰山咧嘴笑了起来，露出一口白牙，还有和泰山一样的犬牙。他向泰山表达完谢意，找了一个舒服的位置，开始休息。

天还没亮，睡在树上的泰山被大树的剧烈晃动惊醒，睁开眼，发现同伴也是一脸慌张，四顾之后，找到了原因，但也吃了一惊。树下赫然站着一个庞然大物，正用身体磨蹭树干，这导致了大树的晃动。这么一个庞然大物离他这么近了，居然没有警醒，这让泰山十分吃惊，又有些懊恼。天色昏暗，只能看见怪兽身体的一部分，起初以为是头大象，如果确实如此的话，这可要比以往见过的大象个头大得多。不过，泰山很快就发现了不同，树下这头猛兽，约有二十英尺高，背部的身形轮廓十分奇特，呈锯齿状，似乎每一节脊椎的脊状突起都长了出来，形成了一排角状物。树下传来"嘎吱嘎吱"的咀嚼声，泰山嗅觉灵敏，向下嗅了嗅，知道怪兽正在吃他们之前打死的那头狮子。

泰山无奈地盯着树下的黑影，十分吃惊，感觉到有人在轻触他的肩膀，回过身来，发现是同伴。后者用食指压着嘴唇，让他安静，又扯扯他的手臂，示意他一起离开。身处陌生的国度，到处都有不熟悉的巨大怪兽出没，泰山也觉得应该迅速离开，紧跟着同伴小心翼翼地从怪兽另一侧的树上下来，在夜色的掩护下悄悄离去。

说实话，泰山很不情愿放弃近距离观察这头怪兽的机会，尤其是这怪兽还是他从没见过的。不过，他很明智，有时候慎重比勇敢更重要，这是丛林生物的生存法则，日常生活本就危机四伏，没必要去追逐无谓的风险。

太阳升起，天光大亮。泰山发现他们再次来到了森林的边缘。同伴熟练地攀缘树枝前行。尽管有着适合攀爬的四肢和尾巴，猿人在树林里移动起来，也并不比泰山更轻松、迅捷。行进途中，泰山想起来昨夜狮子抓的伤口，低头一看，吃惊地发现，伤口不仅不疼了，而且没有感染，这显然是同伴所用药粉的功效。

他们又向前走了一两英里，在一棵大树前停了下来。大树下有片草坡，还有一条清澈的小溪，他们来到小溪边喝水。溪水是高山上的冰雪融化而来，水温很低，甘甜、清洌。

脱下兽皮，把兽皮和武器搁到一边，泰山跳进树下的水洼里，泡了一阵，从水里出来，感觉神清气爽，但也特别饿。泰山注意到同伴正在观察他,而且满脸疑惑。同伴把泰山拉过来,让他转身,后背对着自己,用食指摸了摸他的尾骨,又翘起尾巴,围着他转了一圈,指了指他,又指了指自己的尾巴,似乎十分不解,嘴里"叽里呱啦"兴奋地说着什么。泰山意识到,同伴是第一次遇到天生不长尾巴的人,索性又指指自己的手和脚,让同伴发现它们的不同,明白他们分属不同的人种。

同伴不可置信地摇着头,似乎完全无法理解自己与泰山居然差异这么大,最后,他耸了耸肩,决定放弃思考这个问题,脱下兽皮、背带,放下武器,也进水洼洗澡去了。洗完澡,重又穿戴齐整,猿人坐到树下,示意泰山也坐过去。他打开斜挎着的口袋,从里面拿出一些切片的干肉和带壳坚果。泰山没有见过这种坚果,见同伴拿牙磕开,吃里面的果实,自己也有样学样吃了起来。坚果的果肉饱满,很美味,干肉的味道也不错,不过晒的时候肯定没有加盐,泰山估计,盐在当地可能不易获取。

猿人指着坚果、干肉和身边的其他物品,边吃,边一样样向他重复物品的名字。泰山知道同伴是在教他当地的语言,面对同伴的好意,不禁微笑起来,学会了他们的语言就好相互沟通思想了。泰山已经掌握了好几种语言和很多方言,尽管这种语言和他学过的其他语言截然不同,也有信心很快学会。

他们吃着早饭,一个教,一个学,十分投入,压根没有意识到有一双明亮的眼睛正从树上看着他们。直到发现有个身形巨大、浑身长毛的怪物从树上跳下来,扑向同伴,泰山才意识到危险。

Chapter 2

"至死不渝"

泰山发现，扑下来的怪物和同伴无论在个头和身形上都非常相似，穿戴和武器也一致，只是因为浑身长满黑毛，把它的很多特征都掩盖了。黑毛人扑下来，举起大棒对准猿人脑袋就是一击，猿人立刻倒地，昏死过去，他刚要再次动手击打猿人，却被泰山一把抱住。刚一接触，泰山就发现这家伙的力气很大——两只大手，一只准备去掐泰山的脖子，另一只打算拿大棒打他的脑袋。泰山也毫不含糊，握起拳头狠狠打在他下巴上，黑毛人被打得一晃，泰山趁机掐住他的脖子，另一只手握住拿大棒那只手的手腕，右脚趁势一踹，把他四脚朝天摔倒在地上，飞身扑到他身上。

这一摔把黑毛人手里的大棒摔飞了，泰山掐住黑毛人的手也松开了。不过，两人很快又扭打到一处。黑毛人试图去咬泰山，泰山倒不怕这个，他自己同样有着锋利的牙齿，而且经验丰富。他担心的是黑毛人的尾巴，他对尾巴攻击毫无经验，而黑毛人正不断试图用尾巴缠紧他的脖子。两人在树下的草坡上滚作一处，不断地厮打、吼叫，一会儿泰山占了上风，一会儿黑毛人又占了上风。不过，两人现在都不急于攻击，而是小心护住脖子，防止被对方掐住或缠紧。泰山很快发现一个机会，在滚动的过程中，努力向水洼靠近，只要设法让他们两个都落水，而自己保持在上方，就占了上风。

就在此时，泰山眼睛余光发现，离同伴不远的地方，正匍匐着一头混血小狮子，目露凶光盯着躺在那里的同伴。几乎同时，泰山的对手也发现了这头虎视眈眈的大猫，立刻停止了打斗，一边"叽里咕噜"地说着什么，一边试图挣脱束缚，示意战斗结束。考虑到同伴的危险处境，泰山松开了黑毛人，两人站了起来。

泰山拿着刀，慢慢向同伴靠近，心里想着，对手估计要趁机逃跑了，让人意外的是，黑毛人拾起大棒，紧跟在后。大猫离同伴大约有五十英尺的距离，肚皮贴地趴在那里，除了嘴巴"嘘嘘"作响，尾巴不时卷起外，一动不动。泰山慢慢向同伴靠近，发现他眼皮动了动，睁开了眼睛。知道同伴还活着，泰山长舒了一口气，意识到，自己已经对这个新朋友产生了依恋。

泰山继续向狮子靠近，黑毛人紧随其后。突然，二十英尺外的狮子发起进攻，扑向了黑毛人。黑毛人站定，举起大棒，准备还击。泰山行动更快，就像橄榄球运动员扑向球门一样，迎面向狮子扑去，用右臂环住狮子的脖子，把它摁在自己右肩上，左臂架住狮子的左前腿，这力道太大了，泰山和狮子摔倒在地，一起滚了好几圈。狮子吼叫着，试图挣脱束缚。乍一看，泰山的攻击似乎疯狂且毫无章法，却十分有效，只能这样说，他下意识的攻击来自多年的野外生活训练。

泰山强壮的双腿和狮子的后腿绞在一起，不仅奇迹般没有受

"至死不渝" | 011

伤，还做好了辅助进攻的准备。当狮子觉得自己处于打斗的上风，猛地向上一蹿时，泰山趁势站了起来，同时紧紧箍住狮子的身体，让它后仰，直到四脚腾空，爪子徒劳地在空中乱抓。黑毛人及时跟上，一刀插进狮子的心脏，泰山依旧紧紧箍住狮子，直到感觉它已松软无力才放开。现在，两个前一刻还是生死仇敌的对手，隔着狮子，面对面站着。

泰山静静等待，不管和平还是战争，都做好了准备。黑毛人举起双手，左手放在自己胸前，右手伸过来，放到泰山胸前，这种友好的致敬方式和猿人一模一样。泰山很高兴，在这个蛮荒的世界里又赢得了友谊。

互致敬意之后，泰山往猿人那边望了一眼，发现他已经苏醒过来，正直直地坐在那里，向这边张望。见泰山看他，白猿人慢慢站了起来，黑毛猿人也转向白猿人，并用显而易见是他们共同的语言，向白猿人打招呼。白猿人回应了一下，两人开始慢慢靠近。泰山很好奇，他们的会面会有什么样的结果。两人没有走得太近，距彼此还有几步距离的时候，停了下来，开始一人一句快速说着什么，时不时看看泰山，或者向他点点头，显然，泰山是他们谈话的主题。

说完之后，他们彼此靠近对方，重复黑毛人和泰山停止冲突、修建睦邻关系的仪式，又一起走向泰山激动地说着什么，似乎想传达什么重要的信息。不过，他们很快就放弃使用语言，开始打手势，泰山了解到，他们想邀请泰山和他们同行。他们要走的路线，泰山从未涉足，但很乐意接受邀请，刚好可以利用这个机会寻找简。

他们沿着山麓行走，不时受到原住民的威胁，有时在夜间，还会瞄到一些可怕的庞然大物的影子，走到第三天，遇到一个天然洞穴，决定在那里落脚。洞穴位于一处低矮的悬崖上，悬崖脚下有小溪，这里小溪众多，滋养着下面的平原和低地上的沼泽。显而易见，山洞曾招待过像他们一样在野外落脚的人。洞里有一个原始的岩石壁炉，墙壁和洞顶都被烟熏黑了。墙壁上还留有很多难以辨认的文字和画，有些是用烟灰写上去的，也有刻到岩石上的。墙上画有各种鸟、兽和爬行动物，有些爬行动物的形状甚至会让人联想到一些已经灭绝的侏罗纪生物。泰山的同伴显然认识上面的文字，读得津津有味，还不时点评一下，后来更是用刀尖留下了自己的记录。

泰山好奇同伴的举动，但能得出的唯一结论就是：这可能是最原始的酒店登记记录。随着进一步的了解，泰山发现：这种陌生的生物都长尾巴，有些还像低等生物一样浑身长毛；他们有自己的语言，不仅有口语，还有书面语。书面语言的发现，证明这个有很多动物特征的种族，有可能代表了一种尚未被发现的新文明，这挑起了泰山的好奇心，开始更加刻苦地学习这种语言，希望能够尽快掌握它，这样就能对这个种族有更多的了解。现在，他已经知道同伴的名字，还认识了很多动植物的名字。

那个身上不长毛的白皮肤猿人名叫塔登，是泰山的语言老师，正想尽办法让他快速掌握自己的母语。欧玛特，那个身上长黑毛的猿人，觉得自己也有教授的责任，这样一来，只要泰山醒着，两个人就不间断地轮流教他，效果显著，泰山很快就能和他们交流了。

泰山向同伴说明了此行的目的，可惜的是，他们没能提供任何有用的线索，没人见过泰山描述的女人，除了他，也没有见过其他不长尾巴的人。

塔登说："自我离开阿鲁尔城，月亮已经被吃了七次，七次，就是七乘以二十八天，在这期间很多事情都会发生。我怀疑你的女人是否能够进入我们的国家。你看,那么可怕的沼泽,连你都觉得这个障碍几乎不可逾越。即使她进来了,你想想你遇到的那么多危险,她能活下来吗?就是我们的妇女,都不敢冒险进入那片可怕的土地呢。"

"阿鲁尔,光城,光明之城,"泰山默默地把阿鲁尔翻译成自己的语言,接着问道,"阿鲁尔在哪里?它是你们的城?塔登和欧玛特的城?"

塔登回答:"是我的城,不是欧玛特的城。瓦兹顿人没有自己的城,他们居住在森林里的树上、悬崖上的山洞里,对吧,黑人?"边说,边转向欧玛特。

"是的,"欧玛特回答,"我们瓦兹顿人热爱自由,只有霍顿人才愿意把自己关在城里,我可不愿意做个白人!"

泰山笑了起来,这里也有黑人和白人的区别,只不过变成了瓦兹顿人和霍顿人。相同的智力水平,也抹不平黑人和白人之间的差异,而且,从白人那克制的笑容一看便知,白人觉得自己高人一等。

"阿鲁尔在哪里?"泰山接着问道,"你是要回到那里吗?"

"在山的那边,我现在还不准备回去,至少柯坦在那里的时候,我不准备回去。"塔登回答道。

"柯坦是谁?"泰山问道。

"柯坦是我们的国王,统治着这片土地。我曾是他手下的武士,住在王宫里,在那里,我遇到了欧罗拉,柯坦的女儿,我们相爱了,但柯坦不同意我们在一起,就派我去和拒绝进贡的达卡特人打仗。达卡特人有很多出色的武士,柯坦觉得我肯定会被打死,但并没有,我打败了达卡特人,带着贡品和达卡特酋长回来了。柯坦很不高兴,觉得他的女儿更爱我了,我的战功让欧罗拉自豪,也增进了我们的感情。

"我的父亲很强大,人称狮人雅丹,是阿鲁尔城外最大村落的酋长。国王柯坦不愿意得罪我的父亲,只好半笑着夸赞我!你不懂什么是半笑吧,半笑就是只有脸上的肌肉在动,却没有眼睛的星光闪烁,这是虚伪,是表里不一!赞扬和奖励必不可少,可什么样的奖励比得上把他的女儿欧罗拉嫁给我!但他偏不,非要把欧罗拉嫁给布拉特——摩萨尔的儿子。摩萨尔也是一个酋长,他的曾祖父曾经当过国王,所以摩萨尔觉得自己也应该当国王。柯坦为了平息摩萨尔的怒火,也为了安抚那些支持摩萨尔为王的国民,决定把女儿嫁给摩萨尔的儿子。

"但忠诚的塔登应该得到什么奖励呢?我们的国家非常尊重祭司,在庙宇里,就算是国王和酋长也要向他们鞠躬,所以成为祭司,是柯坦能给予的最高荣誉了。我不想当祭司,因为除了总祭司外,祭司是不能结婚的!

"欧罗拉告诉我,她的父亲已经下令让庙宇做好准备,信使正在寻找我的路上,要召我去面见国王,接受封赏。如果当面拒绝接受国王的封赏,不仅是对庙宇的冒犯,也是对神的亵渎,那就得死。不过,如果能不出现在国王柯坦的面前,就无所谓拒绝了。欧罗拉和我都觉得,一定不能出现在国王面前。如此一来,最好的办法就是逃走,逃走还有娶欧罗拉的可能,如果留下来接受祭司的封赏,就什么希望也没有了。

"在王宫的大树下,我把欧罗拉紧紧搂在怀里,这可能是最后一次了!为了防止碰巧遇到信使,我攀墙出了王宫,趁黑夜穿过阿鲁尔城。守卫都认识,出城很顺利,之后,我开始四处流浪,逃避柯坦的追踪。可我的内心渴望回去,哪怕是看看心爱姑娘居住的王宫城墙也是好的。我还想去看看生我、养我的家乡和我的父母。"

"很危险,是吗?"泰山问道。

"很危险,但那又如何,我还是要回去!"

"如果可以,我愿意和你一起去。"泰山说道,"我一定要去看看光明之城,你的阿鲁尔城,去那里寻找我的妻子,就算希望渺茫,我也要去!欧玛特,你要和我们一起去吗?"

"为什么不呢?"欧玛特说,"我的部落就在阿鲁尔城再向上走的山崖上。就算我们的酋长埃萨特把我赶走了,我也要回去,因为那里有我心爱的姑娘,我想见她,她也一定想见我。好的,我愿意和你们一起走。埃萨特害怕我抢他酋长的位置,谁知道呢,或许他的担心是对的,不过,潘娜特丽,才是我最想要的!"

"那我们三个,就一起走吧!"泰山说。

"一起战斗!三人合一!"塔登边说,边把刀举起来,置于头顶之上。

"三人合一,一言为定!"欧玛特也像塔登一样把刀置于头顶。

"三人合一!至死不渝!"泰山大声说道,佩刀在阳光下闪光。

"让我们出发吧!"欧玛特喊道,"我的刀已经饿了,直等着要喝埃萨特的血呢!"

塔登和欧玛特选择的路,几乎称不上是路,更适合羚羊、鸟和猴子走,好在这三个人都非常人可比,对于这种路已能驾轻就熟。他们先穿过草坡,又进入遮天蔽日的森林。森林里到处都横着倒地的大树,还爬满藤蔓和野草,藤蔓四处蔓延,有的向上和树枝绞在一起,十分难走。走出森林后,进入峡谷。峡谷里,岩石湿滑,很难落脚,只能像羚羊一样,快速地、蜻蜓点水般踏岩石而行。欧玛特接下来选的路更让人目眩,他们面对的是十分陡峭的悬崖,直上直下,大约有两千英尺高,下面就是湍急的河流。当他们终于通过悬崖,到达一处相对平整的地方,欧玛特转过身,热切地看着他们两个,尤其是泰山。

"你们两个做到了!"他说,"你们已经成为我欧玛特真正的伙伴!"

"你说的是什么意思?"塔登不解地问道。

"我带你们走这条路,"黑毛人回答,"是想了解你们是否有足够的胆量。这条路是瓦兹顿的年轻武士用来证明自己的勇气之路。虽然在这里出生,在悬崖边长大,被山父帕斯塔乌尔韦德击败,也不是什么羞耻的事,所以,能顺利通过这条路的人不多,山父脚下躺着无数的尸骨。"

塔登笑了起来:"我不介意经常走这种路!"

"是的!这至少缩短了我们一天的行程。泰山很快就能看到雅本欧索山谷了!快走吧!"三个人沿着帕斯塔乌尔韦德山肩向上走,很快就看到了一幅绝美的画面。前方脚下,是一片绿色的山谷,山谷四周围绕着雪白的大理石山崖。绿色的山谷里,深绿色的湖泊星罗棋布,蓝色的河流逶迤其间,山谷中央是一座白色的大理石城堡,即使远观也是一件精美的建筑杰作。城堡外面也有一些建筑,有的单独伫立,有的两两相依,或者三四个合在一处,这些建筑也都是白色的,和城堡一样白得耀眼,美轮美奂。

山谷周边的悬崖经常被峡谷隔断,峡谷里植被丰富,绿树葱茏,和下面山谷里的绿色相互呼应,好似绿色的河流一路流到了山谷的绿色海洋中。

"亚德佩拉乌尔雅本欧索!"泰山用猿人的语言低语着,意思就是:"真神的山谷,真美呀!"

"这就是阿鲁尔城,柯坦是这里的国王,统治着整个帕乌尔顿。"塔登说道。

"这里，这些峡谷里，住着瓦兹顿人。"欧玛特说，"他们可不认为，柯坦统治着这里的所有人。"

塔登笑了起来，耸耸肩："我们两个不要吵架。霍顿人和瓦兹顿人之间的争吵从来就没有停止过。不过，欧玛特，让我悄悄告诉你一个秘密。霍顿人，不管在和平时期还是战乱时期，都服从一个国王的领导，所以危险来临时，每一个霍顿人都能共同去面对敌人。但是你们瓦兹顿人，你感觉怎么样呢？你们有一二十个酋长，他们不仅和霍顿人打仗，互相之间也征战不断。当你们的一个部落去作战时，不仅要防着霍顿人，还要留下足够的武士去保护妇女和孩童不受邻居的骚扰。当我们的庙宇缺少祭司，我们的田野缺少农人，或者我们的家里佣人不够时，我们就大举出动，到你们的村子去抢人。你们连跑都跑不掉，因为到处都是敌人。所以，即使你们作战勇猛，我们还是能把你们的人掳来做祭司、做仆人。只要你们瓦兹顿人还是那么自私，霍顿人就将继续统治，他们的国王就还是帕乌尔顿的王。"

"或许你是对的，"欧玛特承认，"我们的邻居很愚蠢，个个认为自己的部落最棒，只有自己才应该统治瓦兹顿，都不愿意承认，我们的勇士才是最勇敢的，我们部落的女人才是最美的。"

塔登咧嘴一笑："瓦兹顿的其他人和你的想法一样呢，欧玛特，我的朋友，正是你们这种各自为大的想法，让我们霍顿人立于不败之地。"

"好了，好了。"泰山叫了起来，"一争论就要吵架，我们三个不能吵架。我对你们的政治经济形势挺感兴趣，也想了解一下你们的宗教，不过，我可不想因此让我的朋友吵起来。那个，你们是信奉同一个神吗？"

"我们信奉的当然不是同一个神。"欧玛特嚷道，有点儿激动，又有点儿心酸。

"当然不同！"那边塔登也叫了起来，"怎么可能一样呢！谁会信奉那么荒谬的——"

"闭嘴！"泰山大喊道，"好吧，看来，我是捅了马蜂窝了！我们还是不要谈论政治和宗教了！"

欧玛特点点头："明智之举！不过，我还是想告诉你，唯一的真神一定要有条长尾巴。"

"你这是对神的亵渎！雅本欧索真神没有尾巴！"塔登大声反对，还拿起了刀。

"闭嘴！"欧玛特也叫了起来，向塔登冲了过去，不过，很快被泰山拦住了。泰山站在两个人中间，有些气急败坏："够了！让我们忠于我们的友谊，我们是朋友！不管我们心目中的神是什么样子，我们都应该尊重他！"

"你是对的，没尾巴的人，"塔登说道，"来，欧玛特，让我们看护好我们的友谊，相信雅本欧索真神一定会照顾好他自己的！"

"好的！但是——"欧玛特还想说点儿什么，被泰山及时打断："没有'但是'。"

黑毛人耸耸肩，笑了起来，接着问道："那现在下到峡谷去如何？峡谷里没有人烟，我们部落的人都住在峡谷左边的山洞里。我想去见见潘娜特丽，塔登想去看看父亲，泰山想去阿鲁尔城找妻子。说老实话，要是你的妻子落到霍顿的祭司手里，我觉得还不如死了好呢！我们到底该怎么行动呢？"

塔登提议："我们三个还是尽可能待在一起吧，欧玛峙，你要去看潘娜特丽的话，也最好是晚上偷偷去，还是不要碰到埃萨特才好。我们可以去我父亲的部落，他是酋长，随时欢迎他儿子的朋友去那里。至于泰山要去阿鲁尔城的话，我这里倒是有个办法，

虽然泰山不缺乏迎接挑战的勇气，不过，我们的真神雅本欧索耳朵很灵，还是不要叫他听到的好。"塔登凑到同伴的耳边，小声说出自己的计划。

　　与此同时，百英里开外，有个身穿兽皮手拿武器的人正在穿越荆棘密布的干草原，他身姿灵活，眼神锐利，嗅觉灵敏，正在地上寻找着什么。

Chapter 3

潘娜特丽

夜幕下的帕乌尔顿,寂静无人。一轮弯月斜挂在西方的天空上,月光柔和、静谧,洒落在白色的悬崖上。埃萨特酋长的部落居住在狮子谷,此时正处在月光照不到的阴影里。从接近崖顶的山洞里,突然冒出一个浑身长满黑毛的家伙,头和脑袋先探出来,小心翼翼望向悬崖那边。是埃萨特,部落的酋长,他上上下下仔细审视了一遍:没人在悬崖上活动,也没人从洞里探出头来;不管是位于悬崖上方酋长的住所,还是崖底贫民的住所,没有一个人探出头来。确定没人之后,埃萨特开始沿着白色悬崖移动,是的,在半明半暗的月光之下,似乎是在垂直的悬崖壁上移动。仔细观察一下就会发现,悬崖上插着很多木橛,大约有人的手腕那么粗,埃萨特利用这些木橛,四肢并用,加上灵活有力的尾巴的配合,在悬崖上移动起来一点儿也不费力气,看起来仿佛一只爬墙的大老鼠。他移动的时候刻意避开洞穴口,要么从洞穴上面过去,

潘娜特丽 | 021

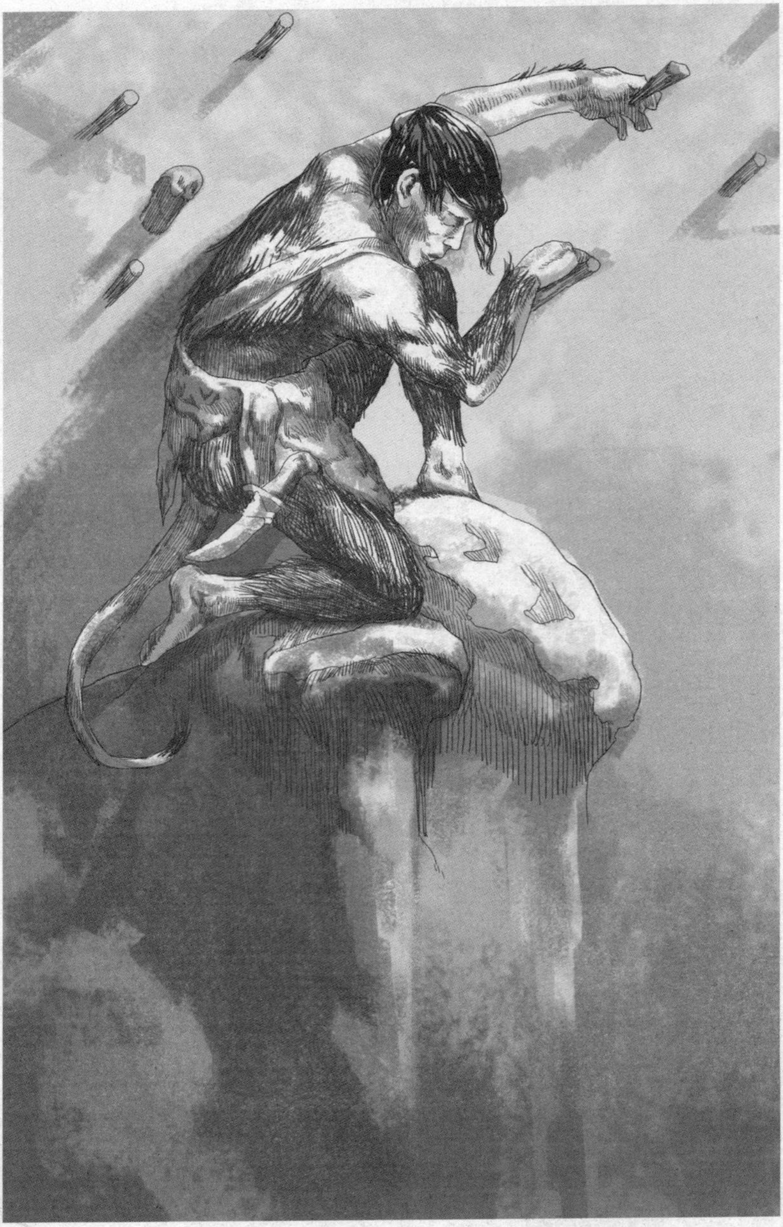

要么从洞穴下面过去。

　　这些洞穴的外观十分相似。首先在悬崖上有一个八到二十英尺长、八英尺高、六英尺深的长廊，或许可以把这种长廊称为阳台。在阳台内面有三英尺宽、六英尺高的开口，构成了通往内室的门道。门道的两侧是一些小的开口，我们把它们看作窗户，可以透光和通风。在不同的阳台之间，还有许多相似的窗户开到悬崖的立面上，这说明整个悬崖就像蜂巢一样，里面有很多内室或洞穴。悬崖上有多处细缝，有水流顺悬崖而下，这些细缝常年受水流侵蚀，有的几英寸深，有的则深达一英尺。

　　就像长在崖顶的大树，或藏在崖底峡谷里的树木一样，埃萨特的出现，丝毫不让人觉得突兀，似乎和环境已经融为一体。他停到一个入口处，静静地听了一会儿，然后爬到一个门廊里，在门廊通往洞穴的入口处，又停了下来，仔细倾听，之后悄悄掀起盖在洞穴口的兽皮帘子，进入一个大的洞穴里。洞穴底部还有一扇小门，里面透出昏黄的光。他小心翼翼地匍匐前行，尽量不发出任何响声。

　　对着小门的是一个和悬崖平行的走廊。走廊里又有三个门洞，走廊两边，一边一个，第三个正对着埃萨特站着的地方。灯光是从走廊左边的门洞里射出来的。门洞里是个房间，所谓房间是把岩石挖空而成，房顶挑高，房间里都是石头器具，石桌上有个小的石头容器，里面的火苗"噼啪"作响，火光忽明忽暗。

　　靠石桌里面的房间角落，有一个石台，大约四英尺宽、八英尺长，石台上铺了厚厚的兽皮，边上坐着一个年轻的瓦兹顿姑娘。黄黑相间的狮皮围裙搁在床头，黄金胸甲也搁在一边，姑娘左手拿着一个锯齿状、黄金打造的金片，右手拿着一把短毛刷子，正在刷身上柔顺而富有光泽的黑毛。裸露的身躯，把完美的身段展

潘娜特丽 | 023

露无遗，即使身上长满黑毛，这姑娘也毫无疑问是个美人。

姑娘的美自然逃不过酋长埃萨特的眼睛，他紧走几步进了房间，越来越急促的呼吸和贪婪的目光，暴露了他的狼子野心。姑娘听到动静，抬起头，看见埃萨特，很害怕，连忙抓过围裙穿到身上，又抓起自己的胸甲，这时埃萨特已经绕过桌子，来到姑娘面前。

"你要干什么？"姑娘低声喝道，当然，她心里清楚埃萨特想干什么！

"潘娜特丽，你的酋长来看你了！"

"就因为这个，你把我的父亲、兄长派去监视水之谷？我不想见你，赶紧离开我们家族的洞穴！"

埃萨特笑了起来，不是让人喜悦的微笑，而是一个清楚自己权力的、强壮而邪恶的男人的狞笑。"我会走的，潘娜特丽，不过，你要和我一起走，去我埃萨特的洞穴，你会成为狮子谷女人羡慕的对象，和我走吧！"

"绝不！"潘娜特丽大叫起来，"我恨你！你欺压妇女，残害儿童，我就是和霍顿的男人结婚，也绝不和你在一起！"

酋长的脸因愤怒而扭曲："你这头母狮子，我会驯化你的！我会毁了你！我，酋长埃萨特，想要什么，就要得到什么。谁胆敢挑战我的权威，违背我的意志，我一定会要他服从，然后毁了他，就像毁掉它一样。"埃萨特说着举起桌上的石盘摔在地上，"你本可以成为埃萨特洞穴里备受尊崇的女主人，但现在不是了，你将是最低贱的女人，我会先占有你，然后把你送给部落所有的男人共享。哼，这就是践踏酋长的爱的下场！"

埃萨特冲上去抓潘娜特丽，还没碰到人，就被她用黄金胸甲狠狠砸在头上，哼都没哼一声，倒在地上。潘娜特丽手里举着胸甲，弯腰看看他还有没有意识，随时准备再补一下。当她发现埃萨特已经昏了过去，就蹲下来，解下他带鞘的腰刀和肩带，背到自己肩上，穿好自己的胸甲，看了一眼昏死在地上的酋长后走出内屋。

外间屋子通向走廊的门道那里，有一个壁龛，里面整整齐齐摆着一堆近二十英寸长的木榫。她选了五个木榫，用尾巴尖拢好带着，来到屋外的走廊里，确认附近无人跟踪之后，开始沿着悬崖上的木榫向上爬。爬了大约几百码后，头顶已经没有木榫，只有很多小圆孔，并列三排。她用脚抓牢木榫，稳住身体，从尾巴里抽出两个木榫，一手一个尽可能向上地插进外侧的小圆孔里。用手抓牢木榫之后，又用脚从尾巴里抽出两个木榫，剩下的一个木榫用尾巴缠牢，向上插进头顶中间那排小圆孔里，之后，手、脚、尾巴交替支撑，不断把木榫插进新的位置，向上爬去。

悬崖顶上有一棵树，树根裸露在外面，刚好可以作为攀上悬崖的支撑点。这条路是部落遭受外敌攻击时，最后的逃跑通道。村里有三条这样的紧急通道，只能在紧急情况下使用，否则会被处死。潘娜特丽深知这一点，但她更知道，如果不走，等着暴怒的埃萨特欺负，还不如死了。

爬到崖顶之后，姑娘疾步向下一个峡谷走去，这个峡谷距狮子谷大约有一英里的距离，叫水之谷，她的父亲和两个哥哥被派到那里去监视其他部落。能遇见父亲和哥哥的机会微乎其微，因为几英里外就是可怕的格雷夫峡谷，因有怪兽格雷夫出没而得名，而正因为有格雷夫出没，附近几乎没有人烟，如果能避开格雷夫，藏在那里倒不失为一个好去处。

潘娜特丽潜行到狮子谷和水之谷交界处，这里是不是父亲和哥哥监视敌人的地方，不得而知。他们或许会在这里，或许会到峡谷底部，不知道究竟该去哪里，她只觉得自己又渺小又无助。

潘娜特丽 | 025

四周一边漆黑，奇怪的声音此起彼伏，有从山巅传来的，有从山谷发出的，有从近处的山脚传来的，远处似乎还有格雷夫的咆哮声，让人不寒而栗。

不过，她灵敏的耳朵确实听到了另外一种声响，有东西正沿着峡谷边缘朝她靠近。她停下来，仔细聆听，会不会是父亲或哥哥呢？声音越来越近，她一动不动，屏住呼吸，努力尝试透过黑暗看到什么，在离她很近的位置，出现了两团黄绿色的小火苗。

潘娜特丽很勇敢，但像其他原始人类一样，害怕黑暗。一到晚上，不管是已知的，还是未知的恐惧，都让她害怕。今天晚上的经历已经够她受的了，现在哪怕再小的刺激，都可能让高度戒备的精神产生过激反应。不过她面对的可不是小的刺激。本希望见到父亲和哥哥，谁知遇到的是死神。勇敢的潘娜特丽不是铁打的，她尖叫一声，转身就跑，尖叫声在山谷回荡，身后跟着黄绿色眼睛的狮子。死在狮子的尖牙利爪之下，似乎无可避免。这时转折出现了，就在狮子要扑倒她时，潘娜特丽突然左转，跑了几步，又换了个方向，一下子消失在水之谷的边缘。紧随而至的狮子在悬崖边硬生生停住了脚，看着漆黑的峡谷，发出了愤怒的咆哮。

欧玛特在前面领路，三人从暗黑的狮子谷底往上爬，当爬到紧靠悬崖的一棵大树下时停了下来。欧玛特小声说道："我打算先去看看潘娜特丽，然后去我的洞穴和家人说说话，时间不会很长，你们两个在这里等着，等我回来之后，一起去塔登的部落。"

说完，欧玛特走向崖脚，开始向上爬。天很黑，泰山看不到崖壁上的木桩，吃惊地看到欧玛特像只大苍蝇一样停在崖壁上。欧玛特知道，部落驻地的下方应该有守卫，但部落的人大多清楚，这时守卫多半在睡觉，果不其然，没有碰到守卫，当然，还是小心为上。

泰山和塔登在崖底看着欧玛特敏捷地向心爱女人的洞穴爬去。泰山好奇地问道:"他是怎么做到的?我没有看到崖壁上有垫脚的地方,他怎么爬得那么轻松?"塔登告诉他,崖壁上有木桩,他也可以轻松爬上去,当然,有尾巴的话,可能更轻松一些。

欧玛特马上就要到潘娜特丽的洞穴了,正在此时,在一个低一些的洞口处,探出一个头来。很显然,洞穴主人发现了欧玛特,开始向他爬了过去。泰山和塔登二话不说,冲向崖壁通道。塔登先到,用手向上攀住了最低的木桩,开始向上爬。泰山赶到近前,看清楚这些木桩呈之字形钉在悬崖壁上,用手抓住一个木桩,把自己的身体向上荡起来,直到另一只手抓住第二个木桩,先是两手交替,等爬得够高之后,脚也用上了,快速向上移动。塔登爬得比泰山快,毕竟熟悉些,而且还有尾巴辅助。

泰山对自己很有信心,当意识到塔登上方的瓦兹顿武士已经发现他时,更是加快了速度。突然,一声厉喝撕破峡谷的宁静,喊叫声得到了成百上千的回应,大批武士涌出山洞。

发动预警的武士已经到了潘娜特丽的洞穴入口,他站到一个平坦的地方,取下挂在背上的大棒,向塔登发起攻击,不让后者向上爬。瓦兹顿的武士正在收紧包围圈,泰山已经爬到和塔登差不多平齐的位置,只是更向左一点儿,他觉得他们两个必死无疑了。正在这时,泰山发现他的左边有个洞口,不知是里面的人还没被吵醒,还是这个洞已经废弃,总之,这个洞口没人!人猿泰山一向善于随机应变,反应灵活,你我还在争论行动是否可行时,人家已经行动完毕了。在毫秒之间,他已经跳到洞穴的平台上,取下绳索,向塔登头顶上方的武士掷了过去。只见拿绳索的手向外一抖,一顿,又使劲一带,绳索已经稳稳套到武士脖子上,两手

潘娜特丽 | 027

一起用力回拉。武士尖叫一声,头朝下从平台摔了下去。泰山赶忙稳住身体,抓牢绳子,因为一会儿等绳子抻直了,武士的重量全压在绳子上,会有一个很大的冲劲。泰山稳稳抓牢绳子,把武士的身体拽了回来,然后把自己的宝贝武器——绳索从武士身上解了下来。

瓦兹顿的武士看见泰山施展绳子武器,都吓傻了,呆了几秒之后,有人清醒过来,开始大声喊叫,督促同伴进攻。这个人离泰山很近,隔着他,那边的塔登正招呼泰山过去。泰山举起那个被勒死的武士,停了一下,调整平衡,然后大吼一声,使尽全部力气向那个靠近过来的武士扔了过去。尸体直接把武士撞飞了,崖壁上的木桩也被撞掉了两个。

看着一死一活两个人滚下悬崖,瓦兹顿武士们惊叫起来:"雅古鲁顿!雅古鲁顿!""杀死他!杀死他!"

泰山现在和塔登会合,一起站在平台上。塔登微笑地看着泰山:"雅古鲁顿!可怕的人!可怕的泰山!他们可能会杀了你,但他们会永远记住你的!"

"他们杀不了——这是什么?"泰山正要评论,突然发现骨碌出来两个人。这两个人搂抱在一起,从门洞里滚到外面的走廊上:一个是欧玛特,另一个和他同类,但毛发粗硬、杂乱、根根直立,不像欧玛特那样柔顺。两个人实力相当,都想把对方置于死地,打斗在沉默中进行,只偶尔因受伤而低吼几声。

泰山出于本能想去帮助同伴,准备冲过去加入打斗,却被欧玛特喝止了。"退后!"欧玛特厉声说,"这是我个人的战斗!"人猿泰山明白过来,闪到一边。塔登给泰山解释:"这叫钢巴,是酋长之战!这个人一定是酋长埃萨特。如果欧玛特能独立杀了埃萨特,他就是新酋长了。"

泰山笑了起来。他所在的巨猿部落也奉行这样的丛林法则，这是原始人类的丛林法则，没有受到文明社会的侵袭，没有雇佣的杀手和毒药。门廊外面的动静引起了泰山的注意，有个瓦兹顿武士正试图进入门廊，泰山冲过去阻止他，不过，塔登更快一步，对这个武士喊道："退后，正在进行钢巴！"武士仔细看了看正在打斗的两个人，转过身，向下喊道："退后，埃萨特和欧玛特正在进行钢巴！"说完之后，回头看向泰山和塔登，"你们两个是谁？""我们是欧玛特的朋友。"塔登答道。武士点了点头："待会儿再找你们算账。"说完就从门廊边消失了。

激烈的打斗仍在进行，两个人用手、脚和尾巴不断击打对方。埃萨特没有武器，他的武器被潘娜特丽拿走了；欧玛特身边挂着刀，轻而易举就能把刀从鞘里拔出来，不过，他不会这样做，这是违背钢巴准则的，酋长之战只能徒手，不能使用武器。

两个厮打在一起的人，有时会短暂地分开，这是为了积攒更大的力量冲回去，像一头疯了的公牛一样冲回去。有时一个会把另一个绊倒，不过两个人厮打在一起，一个倒下去，另一个也会被拽倒，这时，倒地的埃萨特就带着欧玛特一起滚到了走廊外沿，泰山吓得屏住了呼吸。两个人在地上撕扯了一会儿，可怕的事情还是发生了，两个人搂在一起，滚出了走廊，从泰山视野里消失了。

泰山长叹一声，和塔登一起往走廊外面看。东方即将破晓，崖底将躺着两个不省人事的人，让他们吃惊的是，设想的情景并没有出现，在下方不远处，两个精力充沛的人还在打斗。用一只手和一只脚或者一只脚和尾巴抓住木榫，把自己固定在崖壁上，两个人行动自如，像仍在平台上一样。不过打斗的策略有所不同，现在他们都竭力想让对方失去平衡，掉下去摔死。欧玛特到底年轻，体力和耐力都强于埃萨特，酋长眼看只有招架之力了。欧玛特用

潘娜特丽 | 029

一只手抓着埃萨特的背带，使劲把他往外拽，另一只手和一只脚忙着掰折埃萨特用以支撑的木桩，间或再狠狠地击打埃萨特的肚子。埃萨特很快就没劲了，感觉死期将至。就像其他懦弱的胆小鬼一样，在生死面前，一切虚张声势的勇敢都不存在了，原有的道德原则也随之坍塌。埃萨特成了哭泣的胆小鬼，死死抓住最近的那个木桩，生怕自己掉下去。死亡就在眼前，冰冷的手指似乎已经触摸到他，埃萨特开始不顾一切，尾巴伸向欧玛特，伸向悬在那里的腰刀。

泰山看见埃萨特拔刀，立刻跳到他们身边，这时埃萨特已经拔出了欧玛特的刀，正准备刺向对方，旁观的武士都看见了埃萨特的小人之举，纷纷发出愤怒和不满的吼叫。在刀刺向欧玛特的瞬间，泰山抓住了拿刀的埃萨特。同一时刻，欧玛特也在用尽全力往外推埃萨特，支撑埃萨特的木桩因受力过大，断了，埃萨特跟着掉了下去，像一颗陨落的流星。

Chapter 4
可怕的泰山

　　泰山和欧玛特回到潘娜特丽洞穴的门厅,和塔登并排站在一起,准备迎接埃萨特死后可能出现的任何变故。此时,太阳从东山升起,天光大亮,在遥远的干草原上,有一个人也从睡梦中醒来,迎接他的,是新一天的寻找,尽管所能追踪的足迹模糊难寻,也无所畏惧。

　　狮子谷一片寂静。村民们都在观望,他们看看山谷里死去的酋长,又看了看其他人,最后目光聚焦在欧玛特和他的两个同伴身上。欧玛特发话了:"我是欧玛特,谁要来挑战欧玛特做酋长的权威?"有一两个年轻健壮的小伙子蠢蠢欲动,看了看他,最终没有回应。

　　"既然没人挑战,那欧玛特就是酋长了,现在,请告诉我,潘娜特丽还有她的父亲和兄长都去哪了?"

　　一个老年武士回道:"潘娜特丽应该在她的洞穴里,你就在那里，应该比我们都清楚啊！她的父亲和哥哥被派去监视水之谷。这些我们都不关心，我们关心的是，你旁边站着一个霍顿人，一个可怕的没有尾巴的人，你怎么能当狮子谷的酋长呢？按照狮子谷的规矩，你应该把这些外来人交给村民处死，之后，才能当酋长。"

泰山嘴角上扬，透出一股子狠劲。他和塔登都不说话，等着看欧玛特如何决定。塔登知道，这个老年武士说得不假，瓦兹顿人确实有这个传统：不接待陌生人，也不收留俘虏。

欧玛特说道："情况总在变化，即使古老的帕乌尔顿山也每天展露新颜，耀眼的太阳，倏忽而逝的云彩，月亮，云雾，四季的更迭，雨过天晴，所有这些都会让我们的圣山发生变化。对于我们，从生到死的每一天，都在发生变化。变化，就是雅本欧索真神的法律。现在，我，欧玛特，作为你们的新酋长，也要带来一些新的变化。来到狮子谷的陌生人，如果他们勇敢、友好，是我们的朋友，就不会被处死！"

人群骚动起来，大家低声议论，也在互相观望，看谁会站出来挑战新酋长的权威。

"不要嘀嘀咕咕了！"新酋长呵斥道，"我是你们的酋长，我的话就是法律。你们没人帮我成为酋长，你们中的一些人帮着埃萨特把我赶出洞穴，其他人也没有阻止，我什么也不欠你们的。倒是你们要处死的这两个外来人，对我很忠诚。我是酋长，如果有人不服，上前说话——看看他会不会死！"

泰山乐不可支，这个人很对他的脾气。他很钦佩欧玛特的勇敢无畏，百分百相信，欧玛特会说到做到，而且，肯定是赢得胜利的那个。显然，狮子谷里的大多数人，和泰山的想法一样。

看到没人上前提出反对意见，欧玛特接着说："我会做一个好酋长，保证你们妻子女儿的安全，埃萨特统治的时候，她们并不安全！现在，去干你们的活吧，我要去找潘娜特丽了。我不在期间，阿伯昂代我行使职责，你们可以向他寻求帮助，等我回来向我报告。雅本欧索真神会善待你们的！"

他转向泰山和欧玛特，说道："你们，我的朋友，可以在我的部落自由走动，我的洞穴就是你们的，想干什么都可以！"

泰山说："我和你一起去找潘娜特丽。"

"我也去。"塔登跟着说。

欧玛特开心地笑了起来："好呀！找到了潘娜特丽，我们就接着去找泰山要找的人，还有塔登的。我们从哪里找起呢？"他转身问身边的武士，"你们知道她可能会去哪里吗？"

村民们只知道昨天晚上潘娜特丽回了自己的山洞，其他一无所知。

泰山对欧玛特说："让我看看她住的地方，找一些她的东西给我，比如一件衣服，我就能帮你找到她。"

有两个年轻的武士走到欧玛特跟前，他们一个叫尹萨，一个叫欧丹。欧丹开口说道："狮子谷的酋长，我们愿意和你一起去找潘娜特丽。"

随着尹萨和欧丹对欧玛特酋长身份的认可，笼罩在村子里的紧张气氛立马松懈了下来。武士们不再低声细语，妇女们也都走出了洞穴。雨过天晴！尹萨和欧丹带了个好头，大家都认可了欧玛特。有人走上前去和欧玛特说话，有人走近泰山细细观察他；洞穴的主人开始分配一天的工作；妇女和儿童准备去田里干活，一些年轻人和老年男人负责去保护他们。

欧玛特宣布："尹萨和欧丹跟我们一起走，有他们两个就够了。泰山，你来，给你看潘娜特丽休息的地方，真猜不出来你到底要干什么！她不在那里，我看过了。"

可怕的泰山 | 033

欧玛特带着泰山走进潘娜特丽的卧室。

"她的东西都在这里,地上的这根大棒不是她的,是埃萨特的。"

泰山一声不吭,在屋子里走来走去,灵敏的鼻子不断嗅来嗅去。欧玛特没有注意到泰山正在工作的鼻子,也不知道他在干什么,对他在这里耗时间很恼火。

"跟我来!"泰山带头向屋外的门厅走去。

泰山走到左边的壁龛前,审视放在那里的木榫。眼睛看着木榫,但其实行使审视职责的不是敏锐的眼睛,而是灵敏的鼻子。他灵敏的嗅觉自小由养母卡拉培养,后来的丛林生活,更是让灵敏的嗅觉成为防身的本能。

泰山从左边的壁龛绕到右边,欧玛特开始不耐烦起来。

"我们走吧!要想找到潘娜特丽,先得找起来啊!"

"要去哪里找呢?"泰山问欧玛特。

欧玛特挠挠头:"你问我去哪里找?找遍整个帕乌尔顿,如果需要的话。"

"好大的工程!"泰山调侃着,"来,她是从这里走的。"泰山指着通向崖顶的木榫通道。因为自潘娜特丽逃走之后,没人走过这条路,所以很容易就跟踪到了她的味道。爬到木榫尽头,泰山停了下来,回过头对欧玛特说,"她沿着这条路爬到了崖顶,但这里没有木榫了。"

"我不明白你怎么知道她走的这条路,但我可以拿来木榫。尹萨,去,回去拿五根木榫来。"

年轻的武士很快取来了木榫,欧玛特把木榫递给泰山,并解释了它们的用法。"我只需要四个。"泰山退回去一个。

欧玛特笑了起来:"你要是不畸形,该多伟大啊!"说罢,自豪地看了看自己的尾巴。

"我承认我有些缺陷,我的脚抓不住木榫,你们最好走在前面,帮我把木榫插好,要我来插的话,会很慢。"

欧玛特同意:"好的,塔登、尹萨和我走在前面,你跟着我们,欧丹断后,把木榫再收起来,不能把木榫留给敌人。"

"敌人不会自己带木榫吗?"泰山很好奇。

"可以啊,不过这会拖延时间,有利于我们防守,而且,他们不知道哪些孔洞适合插木榫,有些孔洞很浅,是用来混淆敌人的,插不进木榫。"

爬上崖顶,绕过那棵大树,泰山又嗅到了潘娜特丽的味道,跟着这个味道,向水之谷方向走去。走了一会儿,他停下来,转向欧玛特:"她在这里走得很快,在快速奔跑,而且,欧玛特,有狮子在追她!"

"你能从草里读出这些信息吗?"欧丹好奇地问道。

"是的,"泰山点点头,"我想狮子并没有抓住她,但我们要快点儿做决定。是的,没有,快看!"泰山指向悬崖下方的西南方向。

顺着他的手指,其他人发现,几百码外的灌木丛里,有东西在移动。

"那是什么?是她吗?"欧玛特边问,边向那里靠过去。

"等一下!那是追她的那头狮子!"

"你能看见它?"塔登问泰山。

"不,我能闻到它。"

众人都觉得不可置信,但是,他们的怀疑很快就打消了,只见草丛分开,一头狮子出现在他们面前。这头狮子体格巨大,毛色鲜亮,身上布满像豹纹一样的斑点,十分夺目。狮子看着他们,想起早上逃脱的猎物,心头火起,发起了攻击。

帕乌尔顿人纷纷解下大棒,站定,准备迎接狮子的进攻。人猿泰山也拔出猎刀，埋伏在狮子进攻的必经之路上。狮子似乎是扑向泰山的，可中途突然转向，朝欧玛特扑去，结果，头上挨了重重一击。它很快又跳了起来，用利爪把迎上来的武器扫到一边。欧丹的大棒被狮子的爪子扫飞，碰倒了塔登。抓住这个机会，狮子跳起来向塔登扑去，几乎是在同时，泰山扑到了狮子背上，用嘴咬住狮子的脖子，健壮的手臂箍住了狮子的喉咙，有力的双腿锁住了狮子的身体。

其他人帮不上忙，都屏住呼吸看他们打斗。狮子左右摆动，又咬又挠，企图摆脱泰山的控制，但都不成功。他们在地上滚动着，这时，旁观的人发现，拿着尖刀的大手举了起来，用力刺进狮子的身体，一下又一下，有鲜红的血从狮子身上流下来。

狮子的喉咙里发出可怕的嘶吼，透着愤恨、怒火和痛苦。它拼尽全力，想把施暴者甩下来，加以惩罚。可是，那个人还在那里，黑色的脑袋几乎半埋在狮子深棕色的长鬃毛里，手里的刀一下又一下刺向垂死的狮子。

帕乌尔顿人站在那里，惊呆了，佩服得不行。他们自己是勇敢、强悍的猎手，碰见比自己更强大的人，首先要表达敬意。

"你们还让我处死他！"欧玛特看着尹萨和欧丹。

"你没有这样做，雅本欧索会赐福给你的！"尹萨回道。

狮子终于体力不支，倒在地上，抽搐了几下，不动了。泰山跳了起来，即使是帕乌尔顿的猛狮，也不是他的对手。

欧丹快步走向泰山，一手放在自己胸前，另一只手放到泰山胸前："可怕的泰山，你的友谊是我至高无上的荣耀！"

泰山回应欧丹的礼遇："欧玛特朋友的友谊也是我的荣耀。"

欧玛特走近泰山，把手放在同伴的肩膀上："你觉得，它吃了她吗？"

"没有，我的朋友，这头攻击我们的狮子还饿着肚子，我就像了解我的兄弟一样了解狮子。"

"那她会在哪里呢？"欧玛特问道。

"我们沿着她的足迹继续追吧！"泰山说着，又开始寻找潘娜特丽的足迹。他带着大家沿山脊往下走，走着走着，发现足迹突然向左转向悬崖，在附近又搜寻了一阵子之后，泰山站直身体，看着欧玛特，指了指悬崖下面的山谷。

欧玛特看着崖下的峡谷，峡谷里河流湍急，河床里都是石头，他闭上眼睛，锥心的痛苦袭来，他转过身。

"你是说——她跳下去了？"他迟疑地问道。

"为了躲避狮子，狮子就在她身后，你看，草地上还有狮子的爪印，是在悬崖边上猛地刹住脚步留下的。"

"还有机会吗？"欧玛特的话音被泰山警戒的手势截住。

"下面，"泰山低声说，"很多人在往这边来，他们在跑——从山脊下方。"他趴在草地上仔细倾听，其他人也有样学样。

又等了几分钟，其他人也听到了奔跑的脚步声，还有大声的呼喊。

"是水之谷人的战斗呼叫，"欧玛特低声说，"是追捕人的呼叫，我们马上就要和他们相遇，真神保佑，希望他们的人数不会太多。"

"他们有很多人，估计有四十到五十人，不过，到底有多少人在逃，多少人在追，可估计不出来，想来追的人会很多，要不，不会跑这么快。"泰山分析可能的情况。

"他们来了！"塔登小声叫了起来。

"是安乌，潘娜特丽的父亲，还有她的两个哥哥，"欧丹惊叫起来，"如果我们不动的话，他们发现不了我们，就跑过去了。"他看向欧玛特，等着酋长的指示。

可怕的泰山 | 037

后者大喊:"走!"说完就跳了起来,跑过去拦住那三个逃跑的人,其他人迅速跟上。

"五个朋友!"欧玛特向着安乌大声呼喊,安乌的儿子发现了他们。

"五个朋友!"欧丹和尹萨也跟着喊道。

看到突然出现的救援,逃跑的三个人停了下来,当看到塔登和泰山的时候,更是满脸疑惑。

"那边有很多水之谷的人,我们可以停下来作战,不过,首先得通知埃萨特和村民,敌人来了。"安乌说道。

"是的,得通知我们的人。"欧玛特同意安乌的观点。

"埃萨特死了!"尹萨插话道。

安乌的儿子马上问道:"现在谁是酋长?"

"欧玛特。"欧丹回答。

安乌欢呼起来:"太好了,潘娜特丽曾经说过,你会回来杀死埃萨特的。"

现在敌人已经进入视线。

"来呀,让我们转身杀敌去!"泰山大喊起来,"我们要喊叫起来。他们本来追的是三个人,忽然发现有八个人来和他们打,就会想,是不是还有更多的救援。他们会迟疑,这就给了我们时间,我们要找个跑得快的,赶紧回去报信。"

"这个方法可行,"欧玛特吩咐安乌的儿子伊德安,"你跑得快,赶紧给狮子谷的勇士带信去,说我们正在山脊这边和水之谷的人作战,让他们派一百个人来。"伊德安得令而去,其他人冲向水之谷的人,准备战斗。两边的喊叫声此起彼伏,互相呼应。

水之谷的领队看到对方有增援,就让队伍停了下来,想等等后续部队,也想看看对方到底有多少人,可是刚才跑得太快,大部队被远远落在后面,不见踪影,这时看到欧玛特一行人气势汹汹冲过来,禁不住向后退去。等后续部队终于出现,看到前面的人都在往回跑,也跟着往回跑起来。

初战告捷,欧玛特跟着敌人冲进了灌木丛,其他人也紧随左右,厉声尖叫着,冲向敌人。灌木之间的空隙足够通行,不过,一人多高的长势,会遮挡视线,几码之外的人都很难看见。泰山急于杀敌,冲在最前面,没有注意到环境的变化,也没有发现同伴并没有跟上——一时的疏忽很快使他陷入困境。

水之谷的武士其实也很勇敢,他们很快发现对方的人数并不多,马上转为战术撤退,躲到茂密的灌木丛里,准备展开伏击。泰山中了埋伏,他们轻易就骗到了他。是的,尽管说起来有些难过,不过,他们确实成功地欺骗了足智多谋的丛林之王。当然,说起来,他们是在自己的地盘上作战,对每一寸土地都很熟悉,而泰山对这里一无所知。

泰山前方出现一个掉队的水之谷武士,成功吸引了他的注意力,他跟了过去,眼看就要追上,这个武士突然转身迎击泰山。同时,在他周围又出现了十几个同伴一起向泰山发起进攻。人猿泰山意识到了危险,可是已经晚了,那一瞬间,想到自己的妻子,悲伤悔恨袭上心头:如果妻子还活着,她的希望就要破灭了,可能没人告诉她丈夫的死讯,可现实是她的丈夫就要死了。

想到这些,泰山对敌人充满了仇恨——他们毁了他未来的美好生活。他大吼一声,冲向敌人,一把抓过对方手里的大棒,用尽全力朝对方头上砸了下去——敌人的头盖骨被砸得粉碎,倒了下去。泰山拿着敌人的大棒左冲右突,不断击打围上来的敌人,行动迅猛,似乎不可战胜,可二十比一的比例太悬殊了,防不胜防。最终,一根从后面扔过来的大棒,击中了他的后脑勺。他摇晃了几下，就像被伐木工人砍伐的大树一样，轰然倒地。

伏击泰山的敌人，这时开始回过头去迎击欧玛特的队伍。欧玛特他们已经落后了有一段距离，这时正在呼喊同伴："可怕的泰山！可怕的泰山！"

"可怕的，是的，"一个被泰山打倒在地的水之谷武士重复着，"可怕的泰山，比可怕更可怕！"

Chapter 5

格雷夫峡谷

　　泰山在敌人面前倒了下去。远方，沼泽地的边缘，一个男人停了下来。这个男人几乎全身赤裸，只在腰间围了一块兽皮，肩上斜挎着两个子弹匣，还有一个围在腰间，背上用皮带斜挎着一支步枪，还拿着一把长刀、一张弓、一箭筒的箭。经过长途跋涉，途经各种蛮荒之地，遭遇了无数的危险，现在还剩最后一弹匣子弹。

　　一路走来，很多时候，长刀和弓箭足以自保。不过，危险来临时，一颗子弹可能是最好的防范之道。留着这些珍贵的弹药干什么呢？留着在生命遭到威胁时，攻击未知目标吗？到底是留给谁，留给什么？只有他知道！

　　潘娜特丽一脚踏出悬崖，心想估计要摔死了，不过，这也比被狮子撕碎了强。可命运并没有这样安排，悬崖下方有一条河，流经悬崖转向，流向下方的峡谷，汇成了一道瀑布。转向的地方由于长期的河水冲击，形成了一个水潭，潘娜特丽落下悬崖的地方正对着这个水潭。

姑娘一下子掉进冰冷刺骨的水潭，一路下沉，呛了个半死，还好，几番挣扎，终于浮出水面，拼命游到河对岸，上岸，筋疲力尽地躺在河岸上。逐渐大亮的天光提醒她要找个地方避一避，现在可是到了敌人的领地。

水之谷植被丰茂，很容易就能找到藏身之所。

潘娜特丽避开河边可能有人经过的小路，躲进树林里休息、寻找食物。丰茂的植被提供了大量可以吃的水果、浆果和多汁的根茎，她直接用从埃萨特那里夺来的刀挖根茎吃。

哎呀，如果她早知道埃萨特已经死了，哪还用受这些折磨和惊吓？可惜，她不知道，她以为埃萨特还活着，不敢回狮子谷，至少不想在他火冒三丈的时候回去。想着再等等，等她父亲和哥哥都回去了，或许可以冒险试一试，但不是现在。可也不能一直待在敌人的领地上，得尽快在天黑之前找到一个安全的藏身之所。

一棵大树横倒在地上，潘娜特丽坐到树干上，思考怎么解决自己的生存问题。这时她听到山谷里传来喊叫声，好熟悉的喊叫声，是水之谷人发出的战斗呐喊。喊叫声离她越来越近，透过树叶的遮挡，她发现有三个人正沿着河边的小路逃跑，后面有一大群人在追他们。这三个人蹚过小河，消失在视野里，那一大群追捕者出现了，是水之谷的武士，有四五十人。她屏住呼吸，一动不动，武士们沿着河边小路向前跑，根本没想到几码以外的丛林里，藏着敌人。

这时她又看到了那三个瓦兹顿武士，正在吃力地往悬崖顶端爬，正在爬的地方是崖顶塌陷形成的陡坡，相对好爬一些。潘娜特丽仔细观察这三个人，天啊！雅本欧索真神啊！要是她早一点看清该多好啊，那样的话，刚才就和他们一起跑了！那三个人居然是她的父亲和哥哥！可是太晚了！现在只能屏住呼吸旁观这场追捕。他们能爬到崖顶吗？水之谷的人会追上他们吗？他们爬得太慢了，哎哟，有一个人脚下的岩石一松，往后滑了一下！水之谷的武士正在向上爬，有一个武士向落在后面的那个人扔出了大棒。真神保佑，大棒并没有砸中潘娜特丽的哥哥，而是落下来，翻滚着砸到了掷棒人的身上，掷棒人站立不住，摔下山谷。

潘娜特丽站在那里，两手放在胸前，紧张地注视着这场生命赛跑。她的大哥这时已经到达崖顶，攀住了什么东西，把尾巴放下来，伸向下面的父亲；父亲抓住儿子的尾巴，把自己的尾巴伸给后面刚刚滑倒的小儿子。生命之梯形成，三人顺利登顶，消失了踪迹。水之谷的人跟着追了过去，也从潘娜特丽视野里消失了，现在她只能通过声音判断，追捕还在继续。

潘娜特丽知道自己必须得离开这里。打猎的人随时可能过来，会扫荡整个山谷，抓捕小型野兽。身后是埃萨特和正在追捕她的亲人、随时可能返回的水之谷武士；前方，越过下一道山脊，是格雷夫峡谷，怪兽格雷夫的巢穴，想一想都不寒而栗；下方山谷里是霍顿人的地盘，到了那里，不是当奴隶，就是被处死；这里，是水之谷人的地盘，狮子谷人的世代仇敌；更不要说，吃人的野兽四处出没。

纠结了一会儿，她决定还是向东南方向走，去格雷夫峡谷——至少那里没有人。好吧，不管是过去还是现在，对女性来说，在所有的追捕者当中，男人最可怕、最无情，与其选择面对危险的男人，还是选择面对格雷夫好些。

一路谨慎小心，快到中午的时候，潘娜特丽走到了悬崖脚下，发现了一条相对好爬的上山路，爬过山脊，就来到格雷夫峡谷前。

格雷夫峡谷 | 043

峡谷里潮湿阴森，有些大树长得很高，树冠都快和崖顶一般高了，轻轻摇摆着，似乎在述说什么不祥的预兆。

潘娜特丽趴下来，把身体探出悬崖，审视悬崖的立面，发现悬崖立面上有洞穴还有石榫，这肯定是先民的劳动成果。小时候，在篝火旁，她听过很多这方面的故事：格雷夫如何翻山越岭从沼泽那边迁居此处；吃人的怪兽如何迫使先民们离开家园，留下这些洞穴无人照看；那个时候，雅本欧索真神还只是一个小男孩。想到这些，潘娜特丽禁不住打了个冷战，现在别无选择，为了安全，只能找个山洞栖身。

她发现有一个地方，紧挨着悬崖边就有个石榫，看来这是先民在最后逃离家园时落下的，反正也不用再防范了。沿着石榫，她慢慢下到最上面那个洞穴里。这个洞穴的门廊和她家里的门廊差不多大小，地上到处都是树枝、破旧的鸟巢和鸟的粪便，十分难闻。又找了几个洞穴，情况都差不多，看来是没有必要再找下去了，现在的这个，挺大挺宽敞的。选定洞穴之后，她开始用刀清理，最简单的办法就是把清理出来的垃圾都扔出去。潘娜特丽一边干活，一边关注着下方的洞穴，关注着那些在山谷里游荡的可怕生物，但却没有发现有眼睛在盯着她，注视着她的每一个动作。那眼睛凶狠、贪婪、狡诈。眼睛的所有者正在绞尽脑汁打着坏主意，猩红的舌头从嘴里耷拉下来。

和狮子谷一样，这些洞穴的早期居住者已经知道把崖壁上的泉水引到洞口，这样很容易就能喝到清冽的泉水。现在唯一的麻烦就是获取食物，至少得两天出洞一次，去山谷里找些水果、植物的根茎、小型动物、鸟和鸟蛋，或许山洞里就会有鸟和鸟蛋。有了食物，便可以在这里长期居住下来。悬崖上的居所给了她足够的安全感，不用再担心野兽的侵扰，甚至不用担心来人，这里可是与世隔绝的格雷夫峡谷。

潘娜特丽决定视察一下新家的每一个房间。太阳高悬,把洞里照得很亮,洞穴内部和她在狮子谷的家很像,同样的格局,同样的雕刻,显然,瓦兹顿人经过了这么多年并没有什么进步。当然,潘娜特丽不会这么想,进化和进步对她和她的种族来说,都是不存在的,过去是什么样子,现在还是什么样子,一直如此。

毋庸置疑,猿人曾经在这里生活了很多年。洞穴的地上有长期行走留下的足迹;门廊的柱子上,有长期带武器通过剐蹭门柱形成的小坑;洞穴的墙壁上更是留下了无数的石刻;石刻出自不同的人,代表了不同的战绩和辉煌。

潘娜特丽看到这些,觉得熟悉、亲切。洞穴里面的垃圾要比外面少得多,主要就是灰尘。门廊边的壁龛本是用来存放柴火的,现在也只剩下灰尘了。从门厅的废弃物里潘娜特丽找到了一些树枝,生了火,再用剩下的树枝作为照明,去看看里面的房间,依然一无所获。她试图找到一些软的东西睡觉用,可是原来的洞穴主人什么都没留下。下面的山谷里有软草和树叶,但潘娜特丽不想只是为了睡得舒服点儿,就去地狱里转一圈,不是非要去找食物的时候,她可不想去。

天渐渐黑了下来,夜幕降临。潘娜特丽最后决定,把洞穴里的土推到一起,堆成个土堆当床,至少比睡在岩石地面上强啊!她太累了,整整两天都没有睡,中间又经历那么多惊吓和困难,所以,一躺下来,就进入了梦乡。

月亮升起,月光如水,黝黑的森林,可怕的山谷,在月色笼罩下也不再那么狰狞。远方有狮子在嘶吼,除此之外,一片静寂。这时,山谷上方传来一声低吼,悬崖脚下的树林里,有东西在移动;山谷下方废弃的村庄里,也传来一声低吼。在潘娜特丽栖身

格雷夫峡谷 | 045

的洞穴下方,有东西从树上跳到地面,小心翼翼地向悬崖脚下移动。月光之下,可以约略看清它的身形,有点儿像巨型树懒,也许是人,但走得迟缓、拖沓,像噩梦里的怪兽。

它终于移到悬崖脚下,这里可以看得更清楚些:有手有脚,正手脚并用沿着石榫往潘娜特丽住着的山洞爬去。山谷下方又发出低吼声,这次山谷上方的村落里有了回应。

人猿泰山睁开了眼睛,觉得头痛,很快,眼前不断晃动的人影,让他清醒过来。看清楚了,是在一个山洞里,在他周围蹲着一二十个瓦兹顿武士,正"叽叽喳喳"说着什么。山洞里点着油灯,火焰一会儿大一会儿小,武士们在山洞墙壁上的影子也一会儿大一会儿小。

"酋长,我们把他活着带回来了。从来没有见过这种霍顿人,他没有尾巴,不是砍掉的,他尾骨那里没有疤痕,是天生就没有,他的手指和脚趾也和帕乌尔顿人长得不一样。他像狮子一样勇猛,一个人比我们好几个人合在一起还厉害。我们把他带过来,就是想在处死他之前,让酋长看看。"

酋长站起身,向泰山走来。泰山赶紧闭上眼睛,假装昏迷。他感觉到有手在摸他,接着又被粗鲁地翻了过来。酋长把他从头到脚研究了一遍,不断发表着议论,对他的手指和脚趾尤其好奇。

"像这样的手和脚,又没有尾巴,肯定不会爬。"酋长说道。

"是的,"有武士附和着,"会从悬崖的木榫上掉下来的。"

酋长说:"我从来没有见过这样的生物,既不是瓦兹顿人也不是霍顿人,我很好奇他是从哪里来的,又叫什么呢?"

有武士说:"我们听见狮子谷的人大叫'可怕的泰山',可能就是叫他的,现在要把他处死吗?"

"不，等他醒了，我要问问他。就把他放在这里，尹坦，看着他，等他完全清醒了，告诉我。"

酋长吩咐完，走出了洞穴，其他人也跟着走了，留下尹坦看守泰山。当他们从泰山身边经过时，泰山听到了他们谈话的片段，了解到狮子谷的增援及时赶到，把他们打退了。看来伊德安跑得确实挺快啊，省了欧玛特不少时间。想到这里，泰山笑了起来，悄悄睁开眼睛，打量尹坦。尹坦正站在洞穴口向外张望，背对着泰山。泰山尝试着动了动手腕上的绳索，捆得并不牢，也没有把他的手腕反过来捆在背后！看来瓦兹顿人确实没有抓俘虏的传统。

他慢慢把手腕举起来，细细观察捆手的皮带，看完之后，暗地冷笑了一下，开始用牙扯动皮带，同时不忘留意尹坦的动静。皮带很快就扯松了，泰山的手解放出来。尹坦转过身来，发现俘虏的位置变了，不再躺在那里，而是侧着身体，手放在脸上。他走过去，弯下腰，发现俘虏手腕上的皮带松了，伸出手试图去检查一下，可他的手刚碰到皮带，就被绑着的手抓住了，脖子也被扼住。攻击来得猝不及防，尹坦连叫都没来得及叫一声，就被卡住了喉咙，又被泰山猛地一带，失去平衡摔了出去，泰山顺势跟过去压到他身上。他努力挣脱，尝试去拿刀，可对手比他动作迅速，抢先把刀拿了过去。他又尝试用尾巴缠绕泰山的脖子，可尾巴又被泰山拿刀砍断了。

尹坦已经无力挣扎，他的视线模糊，知道自己要死了。是的，很快他就死了。泰山站起身，一脚踩在敌人的胸口上，想大声吼叫，庆祝自己的胜利，不过还是忍住了。他发现瓦兹顿人没有没收他的绳套，还把他的刀放回了刀鞘——当他摔倒的时候，刀是在手里拿着的。好奇怪的生物！他不知道，瓦兹顿人有一个迷信的说法，如果敌人死的时候，武器不在身边，他的魂魄就会一直缠着

格雷夫峡谷 | 047

杀死他的人，寻找他的武器，一旦找到武器，就会杀了仇人，所以瓦兹顿人不会去动他的武器，相反，会主动把武器放回到他身边。泰山还在墙边发现了他的弓和箭。

泰山走到门厅，向外张望。夜幕刚刚降临，隔壁洞穴传来说话的声音，还有饭菜的香味。向洞穴下方看了看，泰山发现这个洞穴在整个洞穴群的底部，离崖底也就三十英尺，不禁长舒一口气。他正准备下到崖底去，突然想到什么，嘴角居然露出兽性的狰狞：既然瓦兹顿人都叫他可怕的泰山，那就可怕一回，用原来他在丛林里的办法吓唬一下他们。泰山走回洞穴，走到死去的尹坦身边，拔出刀把他的头割了下来，然后提着头走出山洞，扔了下去，自己也沿着木榫爬了下去。要是水之谷人这时看见顺木榫往下爬的泰山，估计要大吃一惊吧！

下到崖底之后，泰山捡起尹坦的头，消失在树影之中。可怕吗？如果你用文明社会的法则来评判，是可怕，可泰山并不是完全意义上的现代人，他还是一头野兽，一头狮子，你可以教会他人的技能，穿上西装，打上领带，看起来也像一个现代人，可本质上他仍旧是一头野兽。

泰山的疯狂并非毫无章法。他深知，水之谷的人发现他所做的一切会气得发狂，可是盛怒之外，恐惧也会发酵。恐惧正是他成为丛林主人的制胜法宝，用棒棒糖可赢得不了敌人的尊重。

泰山回到悬崖脚下，准备找个地方上去，翻过山回到狮子谷欧玛特的村子去。他发现有一条河离悬崖很近，蹚过河，在河对岸有条上山的路。走到河边，泰山灵敏的鼻子嗅到了一股熟悉的味道，是潘娜特丽的味道。是的，潘娜特丽就是从这个水潭里爬上岸，进入丛林的。

泰山立刻改了主意。既然潘娜特丽还活着，至少在掉下悬崖后还活着,他就要帮欧玛特找到她。他决定沿着潘娜特丽走过的路去找她。一路走过丛林和山谷,走到悬崖脚下,泰山把尹坦的头绑在一棵树的树枝上,不再拿着了,要不攀登悬崖的时候会碍事。潘娜特丽的味道就像路标一样,指引他向前,他敏捷地爬上悬崖,越过山脊,走向格雷夫峡谷。

泰山对格雷夫峡谷一无所知。夜幕下,他影影绰绰看到有庞大陌生的身影,或许就是欧玛特他们说的可怕的怪兽。不过,危险无处不在,泰山从小到大,经历过的危险太多了,就像走过城市拥挤的街道所遇到的危险一样,这些危险对他来说就是家常便饭。帕乌尔顿人之所以会害怕,是因为他们从小群居在一起,受到很好的保护;泰山则不然,他就像豹子、大象、狮子一样,是真正的丛林生物,靠自己的智慧和力量保护自己,所以,无所畏惧。他穿行在夜晚的丛林里,就像农夫去牛舍一样,随意、安然。

潘娜特丽的味道到了悬崖边又消失了,这次没有迹象表明她又跳崖了。经过寻找,发现了她往下攀爬的石榫,泰山趴到地上,把身体探出去观察那些石榫。他的注意力立刻被悬崖下面的什么东西吸引住了。天黑,看不清到底是什么东西,不过,可以看出来那个东西正沿着同样的石榫向上爬。随着那个东西越爬越高,泰山慢慢看清了它的样子,好像是个人猿,有尾巴,但其他地方又不是很像。

那个人猿向上爬到一个洞穴口,消失了。泰山沿着潘娜特丽走过的路,向下爬,先到了最近的山洞,又走向另一个山洞,泰山瞄了一眼人猿消失的地方,加快了步伐。就要到达潘娜特丽居住的洞穴时,他听到一声惊叫,在山谷回荡。

格雷夫峡谷 | 049

Chapter 6
兽　人

　　潘娜特丽睡着了。一路的劳累让她筋疲力尽，不过睡得也不踏实，做了很多噩梦。在梦里，她睡在一棵大树下，感到有格雷夫正向她走来，可她睁不开眼睛，也动不了身体，试着尖叫，喉咙却发不出声音。她感觉有个东西正在摸她的喉咙、她的胸部、她的肩膀，把她往前拖，她拼尽全力，睁开了眼睛。有一瞬间，她知道，刚才是在做梦，幻觉很快就会消失。可是，没有！借着洞穴外面微弱的光亮，她看到身边确实有个东西，那个东西正在摸她，把她往外拽。雅本欧索真神啊！这不是梦！她立刻尖叫起来，进行反抗。那个东西也低吼着，抓着她的头发，把她往洞口拽。来到洞口，借着月光，潘娜特丽发现，洞口外面似乎还有一个霍顿人的身影。

　　怪兽也发现了洞口外面的新情况，低吼着，紧紧抓住潘娜特丽的头发，蹲了下来，伺机而动。怪兽加大了吼叫的音量和频率，整个山谷都回荡着可怕的吼叫声,甚至吵醒了山谷深处的格雷夫,引发了格雷夫雷鸣般的咆哮。怪兽蹲在那里不动,洞口的生物也蹲在那里嘶吼着,一动不动。潘娜特丽知道洞口蹲着的不是霍顿人,她害怕霍顿人,可更害怕洞口这个。她有些不知所措。这两个怪兽都想争夺她,哪个赢了,对她都不见得是好事,或许,趁他们开打的时候,跳出去,喂格雷夫算了。

她现在已经认出来,抓她的是个兽人,可洞口蹲着的那个,不知道是什么。月光下,可以看得很清楚:它没有尾巴,手和脚长得和帕乌尔顿人也不一样。现在它正在慢慢靠近兽人,手里还拿着一把刀。突然,让潘娜特丽惊讶的是,它居然开口说话了。

"当它松开你自保的时候,跑到我身后来,潘娜特丽,躲到你从悬崖上下来时经过的第一个山洞去。在那里观察,如果我打败了,你还有时间逃跑;如果我打赢了,会去找你。我是欧玛特的朋友,也是你的朋友。"

怪物最后的话让她不再那么害怕,不过,还是不明白,这个怪物怎么会知道她的名字?他怎么知道她如何到这里来的?看来,她来的时候,他一定已经在这里了。潘娜特丽困惑极了。

她问道:"你是谁?从哪里来?"

"我是泰山,从狮子谷的酋长欧玛特那里来,正在寻找你!"

欧玛特,狮子谷的酋长!这话到底是什么意思?本想再进一步问问情况,可泰山已经向兽人发动了攻击。兽人尖叫起来,声音盖住了潘娜特丽的声音。正如怪物所说,兽人松开了她,准备进攻泰山。洞穴里的地方太小,开打的两个人扭到一起,都企图去扼住对方的脖子。潘娜特丽站在一边观战,并没有利用这个机会逃走。事实上,当她听到"我是欧玛特的朋友"这句话时,已经决定要和这个怪物共进退。她拿着刀,站在那里,随时准备帮助泰山战胜兽人。她深知兽人的厉害，在她看来，不借助外力想打败兽人几乎是不可能的。在帕乌尔顿，兽人不多，但正是这不多的兽人成为瓦兹顿妇女和霍顿妇女的噩梦。它们在发情的时候，会在帕乌尔顿山谷游荡，欺负那些不幸遇到它们的女人。

兽人伸出尾巴，缠住了泰山的脚踝，把他绊住，两人一起倒了下去，不过，泰山更为机敏灵活，在倒下的时候奋力一扭，把兽人压在身下。可惜的是，在扭动的过程中，他必须用双手控制住兽人的身体，那就不得不把刀扔掉。现在他正用双手努力挣脱兽人，还要防止它用牙去咬他的喉咙，已经无暇顾及伸向他脖子的尾巴。

潘娜特丽，手拿尖刀，在一旁逡巡，随时准备帮助泰山，可那两个人缠得太紧了，又不断变换位置，根本无从下手。泰山感觉到了兽人伸过来的尾巴，用双手把兽人使劲往下按，自己的身体往外挺，让尾巴够不着自己。泰山发现兽人无论在个头上，还是力量上都和自己旗鼓相当，而他似乎还略处劣势。考虑到这些，泰山突然松开双手，以迅雷不及掩耳之势咬向兽人的脖子。几乎在同时，兽人的尾巴也缠住了泰山的喉咙，生死搏斗开始。两个人都极力想挣脱对方的控制，泰山有着更智慧的大脑，主导着两人滚动的方向——向靠近悬崖的门厅边滚去。

缠在脖子上的尾巴让泰山呼吸困难，泰山知道他的嘴正在张开，舌头开始前突，脑子已经眩晕，视线也开始模糊起来。在已经滚到悬崖边，摇摇欲坠的时候，泰山的手碰到了他的刀。他用尽剩余的力气，拿起刀向兽人扎去，一下、两下、三下，接着就失去了意识。

幸亏潘娜特丽没有听从泰山的建议先走，否则的话，泰山这时候就没命了。一直密切关注战况的潘娜特丽，发现了事态的紧急,在两个人就要滚出门厅,滚下悬崖的时候,扑了出去,刚好抓住了泰山的脚踝。兽人因泰山的猛刺已经死了,也就松开了泰山,在滚出去之后,直接掉下了悬崖。

泰山吊在悬崖边,一只脚踝被潘娜特丽抓着。说实话,泰山的体重对她而言太重了,不过,她还是拼尽全力想把泰山拉上来,拉到上面安全的地方来。这种想法看来有些不切实际,能抓住不松手已经是她的极限,还得赶紧想别的办法。她想,他不会已经死了吧,又马上否定了自己的想法,只盼着他赶紧苏醒过来。如果他不尽快苏醒,潘娜特丽觉得他就没机会醒过来了,因为她发现自己的手已经麻木了,正在一点点松开控制。就在这时,泰山醒了!他还不清楚什么力量在拽着他,但感觉到了那个力量正在从他脚踝松开。在潘娜特丽彻底抓不住泰山脚踝的时候,泰山及时用手抓住了附近的两个石桦。

他差点就被扔下悬崖了,幸好大力抓住了石桦,现在他直立在悬崖立面上,脚也踩在石桦上。他第一个想到的是他的敌人,兽人去哪里了?在上面等着杀他吗?泰山向上看,刚好看到潘娜特丽一脸担心地探出头来。

"你还活着?"

"是的,那个长毛的家伙呢?"

潘娜特丽指指下面:"摔下去了,死了。"

"太棒了!"泰山边说,边爬了上来,"你没受伤吧?"

"你来得正是时候,但你是谁?你怎么知道我在这里?你怎么认识欧玛特的?你从哪里来?你叫欧玛特酋长,这是什么意思?"潘娜特丽一口气问了好多问题。

"等等,等等,"泰山叫起来,"一次问一个问题。你们都是这样,不管是巨猿部落的女性、英格兰的女性,还是你帕乌尔顿的

兽人 | 053

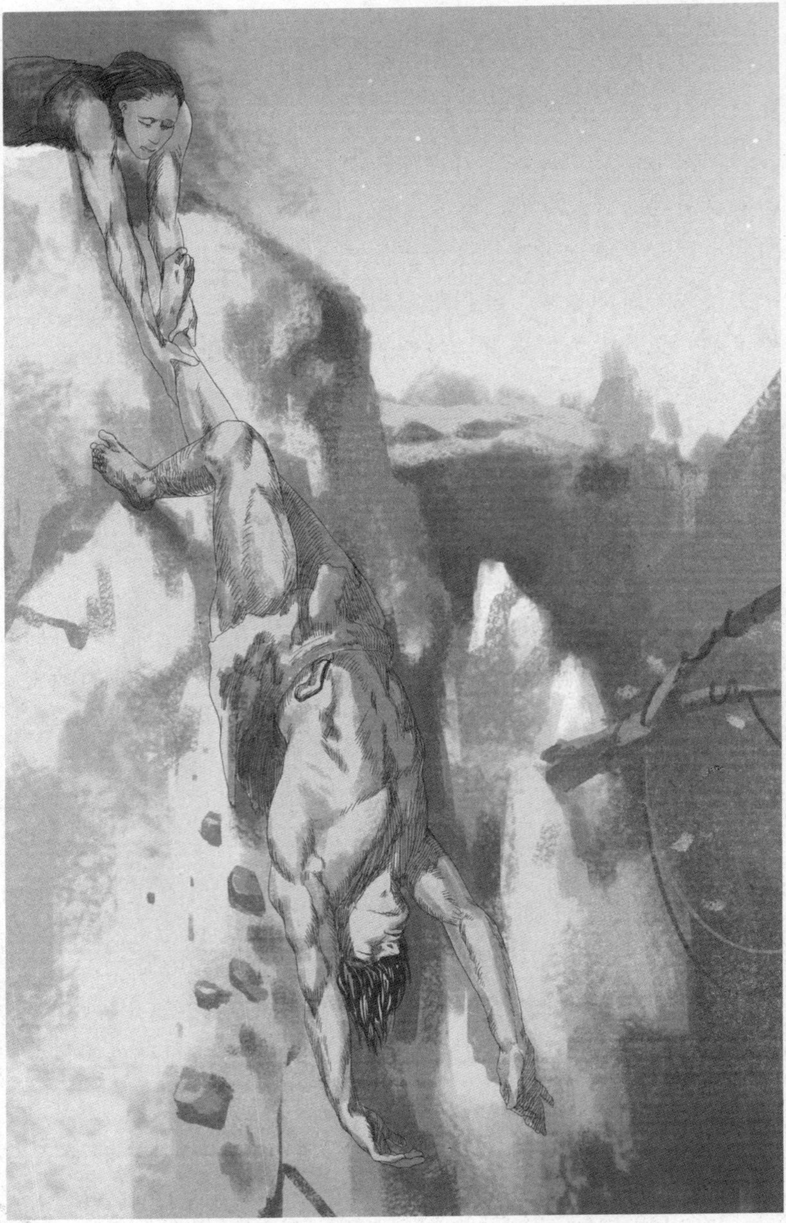

姐妹都是这样没有耐性。沉住气，我会把你想知道的都告诉你的。我和欧玛特一起来找你。在水之谷我们遭到攻击，走散了。我成了俘虏，不过逃出来了。在逃跑的路上，我发现你的足迹，一路跟踪过来，在崖顶上，发现这个长毛的家伙正在朝你住的地方爬。我想去看看，就听到你的尖叫，后面的你都知道了。"

"但是，你叫欧玛特酋长，酋长不是埃萨特吗？"

"埃萨特死了。欧玛特杀死了他，现在欧玛特是酋长。欧玛特回来找你，发现埃萨特在你的洞穴里，就杀死了他。"

"是的，埃萨特来找过我，被我用黄金胸甲打晕了，我趁机逃跑了。"

泰山接着说："之后来了头狮子追你，你就跳下了悬崖，但怎么没死呢？这点我没想通。"

潘娜特丽叫了起来："还有你想不通的事情？你能想到狮子追我，想到我跳崖，怎么就想不到崖下的深水潭救了我。"

"本来是能想到的，可中途碰到水之谷的人，打断了我的追踪。现在该我问了，这个和我打斗的生物叫什么？"

"它叫兽人，我也只见过一次，它们是可怕的生物，有人的狡诈和野兽的力量。能赤手空拳打败它们的，都是真正的勇士。"潘娜特丽看着泰山，一脸崇拜。

"好吧，现在，你得休息了，这两天估计都没怎么休息，好好睡一晚，明天早上我们回狮子谷去。"

潘娜特丽因有泰山的护佑，不再害怕，很快睡着了，泰山躺在洞穴外面的门厅里也睡下了。

泰山醒来的时候，天光早已大亮。数英里以外的沼泽里，另一个勇士已经在太阳底下跋涉了两个小时。可怕的沼泽污秽遍野，很难跨越，但也正因为如此，才使得帕乌尔顿免于外部世界的入侵。

兽人 | 055

勇士靠着顽强的毅力在沼泽里一寸寸地挪动，一会儿陷入齐腰深的软泥中，一会儿受到爬行动物的威胁，走了快两个小时，才走了不到一半的路程，要是换作普通人，早就要累死了。现在，他终于走到一片开阔的水域前，平滑的棕色皮肤上全是淤泥，心爱的恩菲尔德步枪上也泥迹斑斑。看着这片绿色的水域，勇士迟疑了一会儿，还是决定游过去。他扎入水中，游得从容不迫，极有耐性，这不是拼力量的时候，游过这片水域，可能还有两个多小时的跋涉等着他，得保存体力。他正在庆幸，路程已经过半，这一路走来还算顺利，突然水下冒出一头爬行怪兽，张着大嘴，向他冲来。

　　泰山站起来，伸了伸懒腰，大口呼吸着清晨新鲜的空气。脚下的格雷夫峡谷，墨绿一片，树枝摇曳，看着这幅美景，让人眼前一亮。在泰山看来，格雷夫峡谷不阴森也不可怕，就是一片丛林，可爱的丛林。在他右侧，是美丽的雅本欧索山谷，小溪蜿蜒，湖水湛蓝，在阳光下闪闪发光的是星罗棋布的村落——一些规模较小的霍顿人部落的居住点，看不到光明之城阿鲁尔，它隐藏在悬崖后面。

　　泰山沉浸在欣赏自然美景的愉悦中，这种精神愉悦或许只有人类才有。不过，物质的需求也不容小觑，肚子正在大声抗议——它饿了。看看下面的格雷夫峡谷，在丛林里还能饿着？他笑了笑，下山去找吃的。峡谷里有危险吗？当然有，谁还能比泰山更深知这一点！任何一片丛林都充满死亡的威胁。生与死总是肩并肩出现，哪里有生命，哪里就有死亡。一般情况下，丛林生物是难不倒泰山的，他有力量，也有智慧，可是他没有遇到过格雷夫！

　　昨天晚上在睡梦中，泰山听到有怪兽在低吼，想着等今天早上醒来问问潘娜特丽,是什么打扰了他的好梦。现在,因为饥饿,他已经迫不及待下到崖底,大踏步向丛林走去。路上,泰山不时停下来,四下观望,保持警戒,灵敏的鼻子不放过任何一个猎物的气息。确定没有危险后,他又向丛林深处走去,脚步轻快,不发出任何声响,弓和箭在手里随时待命。清晨,清风徐来,泰山逆风轻嗅。风中各种味道混杂,有些味道是他熟悉的,有些却是陌生的花木鸟虫的味道,还有一种爬行动物的味道,这个味道和前几天接触到的夜间怪兽的味道很相似。

突然,他闻到了浓烈香甜的鹿的味道。如果肚子会说话,估计会惊喜地大叫吧——泰山最爱鹿肉。他谨慎而快速地向前移动。猎物就在近前,捕猎者从树上悄悄靠近。其实,除了鹿味,还能隐隐闻到一股爬行动物的味道,但气味很弱,估计距离较远,目前不会造成威胁。

泰山悄悄向前移动,已经能看见鹿了。它正在水塘边喝水,水塘周围是一片林间空地。即使最近的树,离鹿也太远了。看来不能直接发动攻击,只能使用弓箭,而且得一箭毙命,否则既浪费了箭,也抓不住鹿。森林之王轻而易举就拉了个满弓,这把弓普通人根本拉不开,只听"嗖"的一声,鹿应声倒地,一箭穿心。泰山跳下树,跑向自己的猎物,生怕它又清醒过来逃走。正要把鹿扛到自己肩上,耳边突然传来低吼声,抬头一看,一个庞然大物正愤怒地咆哮着向他冲过来。泰山很吃惊,这个庞然大物应该是地球文明初期的生物,古生物学家认为,它们早就已经灭绝了。

潘娜特丽醒来,望向洞口,却没有发现泰山的身影。她一下子跳起来,冲了出去,向格雷夫峡谷方向张望,想着他估计去那里找吃的了,果然,看见泰山的背影消失在丛林里。有那么一瞬间,潘娜特丽感觉很痛苦,她知道泰山对这里一无所知,根本意识不到进入格雷夫峡谷会发生什么可怕的事。我们可能奇怪,为什么潘娜特丽不把泰山喊回来呢?作为帕乌尔顿人,潘娜特丽不会这么做,她深知格雷夫的习性——它们视力很差,但听觉敏锐,一听到人的声音,就会立刻赶到,如此说来,喊泰山回来,无异于羊入狼口。潘娜特丽很害怕,但仍然义无反顾地决定下山去找泰山,去悄悄告诉他可能的危险。这是一个极其勇敢的举动,千百年来,对格雷夫峡谷的畏惧已经深入帕乌尔顿人骨髓,潘娜特丽却甘愿冒险。

潘娜特丽来自猎人家庭,知道泰山会逆风而行,逆着风的方向,她很快发现了泰山的足迹,来到了泰山上树的地方。她自己也算半个在树上生活的人,知道泰山上了树,但她的嗅觉可不像泰山那么强大,无法跟踪泰山在树上行走的足迹。现在,只能寄希望于泰山没有改变行走的方向。她很害怕,心"扑通扑通"直跳,边走边四下张望。刚走到空地,便看见泰山弯腰去扛一头死鹿,同时也听到了震耳欲聋的咆哮。她吓坏了,迅速向离她最近的树跑去,三下两下爬到最高的地方,向下观望。

泰山吃惊地盯着赫然出现的庞然大物,并不害怕,只是很恼火,这个怪物太大了,自己根本不是它的对手,这意味着他有可能得扔下猎物,可他好饿呀。没有别的选择了,只能逃跑——立刻、马上逃跑。泰山逃跑了,不过,也带走了他的战利品——那头鹿。他离怪物只有几步之遥,离他最近的地方有一棵树,可就算爬到树上也不见得安全,这怪物太高了,如果不能爬到离地三十英尺的地方,还有可能被拽下来,即使三十英尺也不见得保险,它要是站起来,只用后腿着地,估计得有五十英尺高。

别无他法,还是爬到树上最快、最安全。泰山立刻行动,以比猴子还快的速度爬到了树上。格雷夫虽然身躯庞大,但行动敏捷,可是比起泰山，还是慢了一步，眼看着泰山爬得越来越高，即使站起来也够不着了。泰山摆脱危险，停了下来，发现头顶上站着潘娜特丽，两眼瞪得老大，在那里瑟瑟发抖。

"你怎么来了？"泰山问道。

潘娜特丽告诉泰山一切。"你是来提醒我的！你真勇敢，真仗义！可我很恼火，我居然没有一点儿警觉！那家伙是从我上风口过来的，可是直到它进攻我，我才发现它，这真不可思议。"

"有什么好奇怪的，这正是格雷夫的一个特点，据说，人是无法知道它什么时候出现的，除非它已经出现在你面前，它个头虽大，走起来却悄无声息。"

泰山很恼火地说："我应该能闻到的啊！"

"闻到它？"潘娜特丽不可置信地重复泰山的话。

"当然了。你想我怎么那么快就发现那头鹿的，我是闻到了鹿的味道。我也闻到了格雷夫的味道，但感觉离得还很远呢。"泰山突然停下来，看看下面的庞然大物，鼻子使劲嗅了嗅，"啊哈！我知道了！"

"你知道了什么？"潘娜特丽好奇地问。

泰山解释说："我弄错了，这个家伙根本就没味道。我一直闻到的味道，事实上是丛林生物混合在一起散发的味道，所以经久不散。

"潘娜特丽，你听说过三角恐龙吗？没有？哦，你见到的格雷夫应该就属于一种三角恐龙。据说，三角恐龙在几千万年以前就已经灭绝了，我在伦敦的博物馆里见过一副三角恐龙的骨架，是后来拼起来的。我一直觉得科学家们是根据想象拼凑起来的骨架，可现在我知道，我错了。格雷夫虽然和我看到的骨架不完全一样，但非常相像，所以我一眼就认出来了。我们知道，千万年来物种进化很快，变化也很大，可在帕乌尔顿居然还有原始的物种存活下来。"

"三角恐龙，伦敦，古生物——我不知道你在说什么呢。"

泰山笑了起来，朝格雷夫扔了一根枯木枝，后者立刻发出咆哮声，脖子上的颈盾也竖立起来。尽管长相丑陋，这个大家伙的身板还是让人羡慕，它足有七十五英尺长，二十英尺高，单尾巴的力量就赶上一头大象。身体呈蓝灰色，脸和肚子呈黄色，眼睛周围是蓝色的眼眶，颈盾是红色的，嵌着黄边。背上有三排并列的骨状突起，中间在脊柱上的那排是红色的，旁边两排是黄色的。古代有角的恐龙大多是三蹄和五蹄，到了格雷夫这里，蹄子已经衍化为爪子，不过，角保留了下来。格雷夫也有三个角，两个长在眼睛上方，一个长在鼻子上面。

格雷夫正睁着邪恶的小眼睛向上瞄，角质的喙张开了，露出一口尖利的牙齿。

"食草动物？！你的祖先或许是，可你不是。"泰山讷讷自语道，又转向潘娜特丽，"我们走吧，回到洞里把肉吃了，就可以回狮子谷找欧玛特了。"

姑娘耸耸肩："回去？我们回不去了！"

"为什么回不去了？"泰山不明白。

潘娜特丽没有回答，只是指了指格雷夫。

"瞎说！它不会爬树，我们从树上回到悬崖边，还不等它明白过来，就已经回到洞里了。"

姑娘一脸沮丧："你不了解格雷夫，不管去哪里，它都会跟着我们，等我们想从树上下来的时候，它就已经在树下等我们了！它永不放弃。"

"那就在树上待着，它总会走的。"

姑娘摇摇头："绝不会走的！而且，还会有兽人来！兽人会杀死我们，把我们吃掉一部分，剩下的扔给格雷夫。格雷夫和兽人是朋友，因为兽人给它吃的。"

　　"或许你是对的，即便如此，我也不想等在这里，等着兽人来吃我，还把吃剩的扔给下面的怪兽。我一定能活着走出去。来，跟着我，让我们试试。"泰山说着开始行动起来，他带着潘娜特丽沿树梢往回走，很快就到达了森林的边缘，前方离山脚下还有五十码的空地，看看树下，格雷夫已经等在那里。

　　泰山沮丧地挠挠头。

Chapter 7

丛林诡计

泰山看着潘娜特丽问道:"你能从树上快速通过峡谷吗?"
"自己吗?"
"不。"
"我可以跟着你,你去哪里我就能跟到哪里。"
"来来回回呢?"
"没问题!"
"那就跟着我来。"泰山带着潘娜特丽又开始从树上往回走,像猴子一样从一棵树到另一棵树,还走的是之字路线,同时净挑些从树下走难走的路线,哪里的草厚走哪里,哪有落木挡路走哪里,可毫无用处,当到达山谷另一端时,格雷夫已经等在那里。
"再往回走。"泰山他们两个又沿树往回走。结果一样,不,应该是更糟了,又来了一头格雷夫,现在,两头格雷夫在树下等着他们。

正在这时，山谷里传来奇怪的叫声。

"威——欧，威——欧！"声音越来越近。

格雷夫抬起头，看向声音发出的方向，其中一头喉咙里还发出"呼噜呼噜"的声音。听见"呼噜"声，"威——欧"声也加以回应，格雷夫接着"呼噜"，两个声音相互应和。"威——欧"声越来越近。

"什么东西？"泰山问潘娜特丽。

"我也不知道。或许是一种陌生的鸟类，或别的怪兽。"

"啊哈，它来了，看！"

潘娜特丽应声看去，绝望地叫了起来："是兽人！"

来的这个生物是兽人，手拿大棒，直立行走，不过，走得非常缓慢。格雷夫看着走过来的兽人，有些害怕，让到了一边，兽人走到格雷夫身边，拿起大棒，朝着格雷夫的脸就打了下去。让泰山吃惊的是，庞然大物格雷夫，面对与之相比微不足道的兽人，却像挨打的野狗一样瑟瑟发抖。

"威——欧！威——欧！"伴随着兽人的吆喝声，格雷夫慢慢向兽人靠近。兽人重重击打了一下格雷夫鼻子上方那个角，让它停了下来，走到它身后，抓着尾巴，坐到了它的背上，同时，一边"威——欧"，一边拿大棒的尖头去戳格雷夫，后者开始移动。

泰山看得入迷，压根儿忘了逃跑的事。他意识到，刚才那一幕，就像时光回溯到历史之初——第一个人和第一头驯化的野兽。

被驱遣的格雷夫这时停了下来，看着树上的两个人，咆哮起来。这就足够了，大家伙是在提醒它的主人，这里还有别人。兽人立刻驱赶格雷夫回到树下，在格雷夫的背上站起来，向树上看。泰山也看见了他，看见了那野兽般的脸庞，尖利的牙齿，健壮的肌肉。人类正是从它进化而来，也只有它能够战胜各种危险，存活下来。

丛林诡计 | 063

已经接受现代文明的泰山准备拉弓射箭；还处于过去原始阶段的兽人伸出有力的臂膀，想要用蛮力把泰山拽下来。离弦的箭直入兽人的胸膛。

"可怕的泰山！"潘娜特丽禁不住也喊出了这个称呼。她发自内心地佩服泰山，尚不知自己部落的武士早已有了一致的认识。泰山转向她："潘娜特丽，这个家伙会把我们一直困在树上，恐怕很难一起逃脱了。我有个主意，你待在这里，藏在树叶后面别动，我接着跑回峡谷去吸引它们的注意。它们听到我的大叫声，会跟着我走，趁这个机会，你赶紧逃回悬崖上的洞穴。不用一直等我，如果明天早上我还没有去找你，你就自己回狮子谷去。这些鹿肉给你。"他撕下一条鹿后腿，递给潘娜特丽。

"我不会抛下你的，我们的法则不允许抛下朋友。欧玛特要知道了，绝不会原谅我的。"

"告诉欧玛特，是我命令你走的！"

"这是命令吗？"

"是的！再见，潘娜特丽，赶紧回去找欧玛特吧，你是狮子谷酋长的好伴侣！"说完，泰山就行动起来。

"再见，可怕的泰山！"潘娜特丽对着泰山的背影说，"欧玛特和潘娜特丽何其有幸，能有你这样的朋友！"

泰山大喊大叫着向山谷另一端移动，树下的格雷夫受泰山声音的吸引，跟着走了。泰山计谋成功，得意极了，带着格雷夫向离潘娜特丽越来越远的地方走去。他希望潘娜特丽能够利用这个机会成功逃脱，但还有些担心她，从格雷夫峡谷到狮子谷，既有虎豹狼虫，又有敌人伏兵，真是危机四伏。他也知道，她又聪明又勇敢，在适者生存的丛林法则面前，已经积累了很多经验。

泰山在山谷里往返了好几趟，想尽各种办法骗格雷夫，都没有得逗，不管他去哪里，格雷夫就跟到哪里。山谷西南角有一片树林和悬崖挨得比较近，可泰山反复尝试了好几次，都没能逃脱，最后不得不承认，自己已经无能为力，也算彻底明白了帕乌尔顿人为什么会放弃格雷夫峡谷，移居他处。

天色渐晚，从大清早碰到格雷夫开始，就在想办法摆脱，可直到天黑，也没有能逃成。伴随夜幕降临，泰山心里又燃起了新的希望。像狮子一样，他多多少少也算个夜间生物了，就算视力没有狮子那么好，可有灵敏的嗅觉，其他感官也很敏锐，这多少弥补了视力的不足。就像盲人可以利用灵活的手指阅读盲文，泰山利用他身体的每一个部分，他的手、脚、鼻子、耳朵、眼睛去探索森林这本大书。可他有个致命的短板——他不了解格雷夫。他感觉，格雷夫根本就不睡觉，整个夜晚，不管他往哪边走，格雷夫都能跟着他。眼看着天快亮了，泰山放弃努力，找了个安全的树杈，睡觉去了。

天光大亮，泰山醒了，他休息得很好，精神抖擞。尽管急于摆脱下面这两个大家伙，泰山还是决定小心从事，最好不要惊动它们，可是，就那么小心翼翼地一动，下面就传来了格雷夫的低吼声。

有很多人类特有的本事，泰山都没有学会，包括骂人。现在的情况，要想发泄情绪，诅咒骂人应该不错，可泰山不会。看着自己的计划一次次失败，泰山气坏了，抓起旁边树枝上的一个大果子，向格雷夫扔了过去。大果子正中格雷夫眼睛中间的位置，让泰山惊讶的是，格雷夫并没有因此而大怒咆哮，只是略有些恼火地"咕噜"了一声。格雷夫的这一举动，让泰山联想起昨天兽人是如何对待它的。一个大胆的想法跃上心头：或许他可以学着兽人击打格雷夫的样子，让它听话，自己好趁机逃跑。

丛林诡计 | 065

丛林生物并不喜欢这种孤注一掷的做法。它们的日常生活已经充满各种凶险，不需要制造额外的刺激。只有人类，在摆脱了自然的危险之后，开始诉诸纸牌、骰子这种人为的刺激。不过，在迫不得已的时候，丛林生物什么赌注都敢下，正如现在，试试拿大棒去敲击格雷夫的面部，就是拿生命做赌注。

泰山决定赌一把。尽管格雷夫的凶险已经在帕乌尔顿世代流传，他也从潘娜特丽那里听到了这些故事，但他还是决定相信自己聪明大脑的推理。他开始为自己的计划做准备，整个过程中，心态平和，从容不迫。

首先，泰山找了一根树枝，底部直径大约两英寸，又长又直，砍下来，用刀把树枝上的小枝砍去，削成一个十英尺长的木棍，再把木棍的一头削尖，大功告成。

"威——欧！"他向着格雷夫喊道。

大家伙立刻扬起头看向他，喉咙里低声"咕噜"着。

"威——欧！"泰山边叫边把剩余的鹿肉扔给它们。

格雷夫立刻扑向了食物，一个还企图独吞，不过，最终各有所获，开始大嚼起来，吃完又看着泰山，这次，他从树上下来了。

一头格雷夫立刻冲向了泰山，泰山嘴里重复着兽人呼喊格雷夫的叫声，格雷夫听到呼喊，停了下来，显然有些困惑。泰山快步走到格雷夫的面前，边呼喊，边狠狠击打它的面部。对泰山的做法，格雷夫是回应以咆哮，还是低声的"咕噜"，决定了泰山的命运。

格雷夫跟着大呼小叫的泰山走了。潘娜特丽在树上确信他们走远了，立刻从树上下来，飞快地向山脚下跑去，越过昨天攻击她的兽人尸体，像一头受惊的小鹿一路飞奔。沿着石桦，终于回到了曾经栖身的洞穴,潘娜特丽点着火,把鹿肉烤了烤吃掉,又去崖壁上顺流而下的小溪那里喝了些水,总算安定下来。

潘娜特丽等了整整一天。听着下面时远时近的格雷夫的咆哮,想着泰山的英雄事迹,心中涌起对泰山的无限忠诚。不管是人还是兽,泰山都能把他们紧紧团结在一起:他们可能强大,可能弱小,可能勇敢,可能无助,这都没有关系,只要不是忘恩负义的胆小鬼,不是流氓、坏蛋,泰山都能接纳团结。

在潘娜特丽眼里,泰山就是勇士、英雄,而且他还是欧玛特的朋友——她爱人的朋友,不管是为了哪一点,潘娜特丽都愿意为泰山献出生命,因为这就是自然之子表现忠诚的方式。在文明社会我们还得学习如何忠诚,在原始丛林里,忠诚就是本能,是不问缘由的无私之举。正是这种忠诚让潘娜特丽在山洞里等了一天一夜,期盼着泰山能够回来,好结伴抵御危险,一起回到欧玛特身边。可是泰山没有回来,太阳又一次升起时,潘娜特丽决定自己返回狮子谷。

潘娜特丽当然知道可能面临的危险,不过,她并不在意。当危险就在眼前时,她可能会害怕、会激动,不过,没必要在危险还没出现时,先自己吓唬自己。因此在穿越危机四伏的峡谷时,她表现得就像你我去街边小店买冰激凌一样。你过你的生活,潘娜特丽过她的日子,在你读到这段文字时,就算狮子在山谷里咆哮,水之谷的人在南边觊觎,霍顿人在雅本欧索山谷伺机而动,潘娜特丽仍旧蹲在欧玛特洞穴的门厅口,平静地梳理自己光亮的毛发。

不过,潘娜特丽并没能在当天成功返回狮子谷,第二天也没有。事实上,尽管没有遇到野兽和水之谷人的威胁,她还是在外边漂泊了很久。

潘娜特丽的回程之旅在开始阶段是比较顺利的,没有遇到敌人和野兽，这让她稍稍放下心来，觉得自己可以回去与族人团聚，与爱人重逢。她小心谨慎地在峡谷里穿行，知道要想活着回去，一刻也不能放松警惕。就快走出峡谷了，她已经走到了那条沿河的小路上，这条小河沿狮子谷顺流而下，一直流到下面广袤的雅本欧索山谷。

就在她要踏上小路时，在路两边的草丛里，突然冒出一二十个高大的霍顿武士，仿佛从天而降。像受惊的小鹿一样，潘娜特丽跳进草丛准备逃跑，可霍顿武士离她太近了，他们从前后左右包抄过来。她持刀抵抗，仇恨和恐惧让她从受惊的小鹿变成了发怒的狮子。他们并不想杀死她，只想抓获她，这就有些费劲，不止一个霍顿武士受伤，不过，他们人数众多，终于抓住了她。即使被俘，潘娜特丽仍然奋力反抗，他们不得不收了她的刀，把她的手脚捆上，嘴用布条勒住。

刚开始，她拒绝跟他们走，两个霍顿武士只好拖着她的头发往前拉，后来她想了想，觉得这也不是办法，只好不情不愿地跟着走了。

快到水之谷入口的时候，他们遇到了另一队武士，后者也押着一些瓦兹顿俘虏。这些武士都是霍顿城堡里派出来抢夺奴隶的，潘娜特丽对此并不陌生。尽管她的族人勇于抵抗霍顿人，也成功抵御了很多次掠夺，但仍有一些亲人朋友被掳去当奴隶。不过，这倒给了她一线希望，至少还有机会逃跑。

两个分队合成一支队伍向山谷进发。从武士们的谈话中，潘娜特丽了解到，他们要去光明之城阿鲁尔。与此同时，狮子谷的酋长欧玛特，正为失去他的朋友和爱人而郁郁不乐。

Chapter 8
光明之城阿鲁尔

离帕乌尔顿尚有一段距离,漫无边际的沼泽中央有一处水塘。水塘里,一头爬行怪兽正向一个涉水前行的人扑去,看来凶多吉少。这个人手里倒是有把小刀,但面对庞然大物,似乎也派不上什么用场。如果是在陆地上,或许还可以用步枪射杀攻击者。这支步枪可是他的宝贝,不到最危险的关头是不会用的。一路走到现在,尽管已经经历了很多磨难和危险,他也没舍得用它。现在,即使想用,在水里也无法装弹、上膛、开火了。

生存的希望似乎渺茫,不过,他并不打算放弃,而是拿起刀,准备迎接爬行怪兽的攻击。他从未见过这种爬行怪兽,看起来有点儿像鳄鱼,但显然不是。看着这个史前生物中的幸存者张着大嘴向自己扑过来,水塘里的人想,硬拼肯定是不行的,拿那把小刀去刺它坚如铠甲的皮也不会有什么用。眼看怪物已经扑到眼前,要想活命,必须当机立断。

像敏捷的海豹一样,他一个猛子扎到怪物身下,转身,拿起刀,对准怪物柔软、黏滑的肚皮划了下去。在水下又往前游了一二十码,浮出水面,看到身后的怪物正在痛苦地翻腾。显然,怪物正在进行临死前的挣扎,已经无暇顾及这个人了。听着怪物临死前凄厉的尖叫,男人走上岸,继续他的沼泽之旅——向帕乌尔顿进发。

又走了整整两个小时,他终于从泥泞湿滑的沼泽地来到了绿草茵茵的小河边。小河是从遥远的山上蜿蜒而下流入沼泽的。稍事休息之后,男人找到一处水洼,好好洗了个澡,把自己的兽皮围裙、武器装备也都刷洗干净,又花了一个小时拿干草把自己的步枪擦干、打磨、上油。等到一切收拾完毕,心满意足地看着自己的步枪完好如初,已经是下午了。男人起身,仔细寻找他追踪的足迹,向前进发。

泰山模仿着兽人的做法,一步步走到格雷夫面前,心里暗自打鼓,不知自己的办法是否可行。格雷夫站在那里,瞪着小眼,冷冷地看着泰山。泰山嘴里喊着"威——欧",扬起木棒向格雷夫脸上打去。受到击打的格雷夫,向着泰山的方向冲了过来,但也就是作势一冲,很快又退了下来,站在一边,和兽人控制它的时候一模一样。看清楚了格雷夫的举动,泰山稳步走到它的身后,抓住它的尾巴,爬到了这个大家伙的背上,接着模仿兽人的样子,拿木棒的尖头刺格雷夫的身体让它往前走,又通过左刺右刺来调节方向,向着山谷走去。

起初,泰山只想着如何控制住这个庞然大物,好能够成功逃跑,现在坐在怪兽身上,又有了少年时成为森林之王的快感。回忆起当年坐在大象身上,大口吃肉的得意,泰山决定好好利用一下他新获得的"力量"。

光明之城阿鲁尔 | 071

潘娜特丽要么已经成功逃脱，要么就死了，但无论如何，他都无能为力了。格雷夫峡谷下方，绿树葱茏的山谷里，矗立着光明之城阿鲁尔，那是他准备去的地方。

在那闪闪发光的城墙里，是不是有他的爱人，尚不得而知，但如果他的妻子还活着，还在帕乌尔顿的区域内，就一定在霍顿人居住的地方，因为瓦兹顿人根本不抓俘虏。

一条山泉沿格雷夫峡谷缓缓流淌，在山脚下和从水之谷流出的山泉合为一条小河，向西南方向流去。小河穿过阿鲁尔城，最终流入阿鲁尔城外那个最大的湖泊里。小河边的草地上人为踩出了一条小路，泰山正沿着这条小路，驱赶格雷夫向前，这时他们已经走出了峡谷口的森林，隐约可见远处阿鲁尔城在闪闪放光。

泰山穿行其中的这个国度，有点像热带雨林，植被繁茂。行走的这条小路两边，疯长的野草能有一米多高，时不时还要穿过几处茂密的树林。丛林里绿树如盖，藤蔓缠绕树枝，肆意生长。

说实话，格雷夫十分任性，不好驾驭，不过，慑于泰山木棒的驱遣，最终还是老老实实往前走。傍晚时分，他们已经沿着小路，走到两条山泉的交汇处，泰山发现河对岸有不少霍顿人，同时他们也看到了他和他骑着的庞然大物。有那么一瞬间，他们大瞪着两眼，惊呆在那里，不过，很快就听从长官的命令，躲进了附近的树丛里。

泰山已经看到了对面的人群，也发现了其中有瓦兹顿人，按照塔登和欧玛特的说法，这些瓦兹顿人应该是霍顿人掳来的俘虏，来给他们做奴隶的。

听到对岸人群发出的惊叫声，格雷夫也咆哮起来，甚至不顾河流的阻拦，要冲到对岸去，泰山只好不断地敲打它，终于让它安静下来，按原路前进，不过，似乎比之前更难以驾驭了。

夕阳西下，泰山意识到，想骑着格雷夫进入阿鲁尔城，估计是无法实现了。这头大家伙饿了，越来越不服管教。他很好奇，兽人们在夜晚是如何拴住格雷夫的，既然自己想不出来办法，只好听天由命。

泰山无法预见，如果他从格雷夫背上下来，他们的关系会发生什么变化？是立刻变成敌我关系呢，还是继续服从木棒的威慑，臣服于他？趁天还没黑，泰山决定试着从格雷夫背上下来。

因为之前一直希望它往前走，泰山并不知道如何让它停下来。通过实验发现，把木棒举到格雷夫面前，直接击打它的喙状鼻子，就可以让它停下来。泰山和格雷夫一路走来，经过很多大树，任何一棵都可以成为他的庇护所，不过，他知道，一旦躲到树上，可能会让格雷夫觉得背上的这个人害怕它，那样的话，他和格雷夫的关系就又退回从前了。

泰山决定还是从格雷夫身上下来。他让格雷夫停下来，从它背上滑了下去，临走还给了它一棒子，才漫不经心地离开了。格雷夫喉咙里"咕噜"了几声，根本没看泰山一眼，就直奔河边，喝起水来。

意识到格雷夫再也不是威胁之后，泰山的肚子立刻抗议起来，好饿！他拿出弓箭，开始寻找食物，顺河而过的微风给他提供了信息。十分钟之后，猎物已经到手，一头帕乌尔顿种的羚羊。当然，泰山一直把它当成鹿，自打记事起，从图画书里看到的鹿，总是和羚羊摆在一起，所以不管是普通的羚羊还是非洲旋角大羚羊，都是"鹿"。

泰山割下一大块"鹿腿"上的肉，藏到树上，背起剩下的"鹿"向格雷夫走去，那个大家伙刚喝完水从河里上来。泰山看着它，嘴里"威——欧"地叫着，格雷夫回应以低沉的"咕噜"声，慢慢向泰山走过来,泰山不断地"威——欧"着让它靠近自己,然后把"鹿肉"扔了过去,格雷夫立刻大嚼起来。

泰山喂完格雷夫,回到树上,心里暗笑:"它之所以等着回应,估计是知道肯定有吃的!"吃完自己的那一份晚餐,他找了个舒服的树杈,开始休息,至于明天还能不能骑着格雷夫进入阿鲁尔城,可一点儿信心也没有。

第二天一大早,泰山就醒了,悄悄从树上下来,走向河边,把武器装备和兽皮围裙都脱了,钻进水塘里洗澡。把自己收拾干净之后,他又回到树上把剩下的"鹿肉"吃了,还吃了一些回来路上摘的野果。

吃完早饭,他又下到地面,扯起喉咙"威——欧"起来,可是不管他怎么叫,也没见格雷夫的回应,看来,格雷夫是不会回来了。想到自己有力量、有智慧,还懂霍顿人的语言,泰山抬腿向阿鲁尔城走去。

清晨,小河潺潺,凉风习习,吃得饱,睡得好,泰山的阿鲁尔城之旅有了一个愉快的开始。除了与其他丛林生物在体格和智力上的不同之外,泰山与它们在心理上也有诸多不同。比如说,泰山对丛林的热爱,是源于对自然之美的欣赏和热爱;猿则只会关注腐木中的蛆虫,而不会关注宏伟壮丽的自然景观。即使是猿王,也只是在检阅自己臣民时,去关注同类之美。而泰山眼中的美,则是自然的神奇与创造。

泰山离阿鲁尔城越来越近,这时,城外一些屋舍的建筑风格吸引了他的注意力,这些建筑原来都是一些小山包,和现在山谷里星罗棋布的绿色山丘是一回事,不过,它们已经被重新开凿,外观和原来有些类似,内部则凿出山洞,用来居住。近距离观察之后,泰山发现凿山开洞的废料,被用来修葺外墙了。进城之后,他又发现废料还被用来填充小山之间的洼地或是铺路,当然很多情况下铺路只是为了处理废料而已。

人们会利用房子的壁架和阳台在城里穿行。这些壁架和阳台是霍顿人的建筑特色,或许更准确些来说,是对先人在悬崖上的居住传统的一种迁就。

进了阿鲁尔城的泰山,还没有被人认出来,这不奇怪,乍一看,他和当地人无论在外形和肤色上都很类似。对下一步该怎么办,泰山已经有了自己的打算,时刻准备开始他的计划。

泰山信心满满地走在阿鲁尔城里。最先发现他与众不同的,是一个在门廊里玩耍的小孩子。"没有尾巴!没有尾巴!"他大叫着朝泰山扔石头,可是,当发现这个人并不像那些失去尾巴的霍顿武士,而是根本就没有尾巴时,他大瞪着眼睛,呆在那里,然后,倒抽了口冷气,尖叫着逃回家里。

泰山继续走他的路,清楚地知道,现在是决定他的计划能否顺利进行的关键时刻。没走多远,在下一个拐角处,他和一个霍顿武士打了个照面,看见那个武士面露惊异之色,就主动打起了招呼。

他说道:"我是一个外来人,来自另一个地方,我想见柯坦,你们的国王。"

这个武士向后退了一步,手按腰刀:"除了敌人和奴隶,没有外来人来阿鲁尔城。"

"我既不是奴隶,也不是敌人,我从雅本欧索真神那里来,看!"泰山伸出手来,让那武士看他们的手有多么不同,又转过身,好让武士看到,他没有尾巴。之所以主动让武士看到这些不同,是因为这是他计划的一部分。他的计划灵感来自欧玛特和塔登的争吵。欧玛特说雅本欧索真神长着长长的尾巴,塔登则坚持说他们信仰的雅本欧索真神是没有尾巴的。

看到泰山没有尾巴，武士开始面露敬畏之色，尽管还是有些似信非信。"雅本欧索，"他低声说着，"是的，你既不是霍顿人，也不是瓦兹顿人，雅本欧索真神也确实没有尾巴。我现在就带你去见柯坦，一般的武士还真干不了这个事，跟我来。"他说着，在前面带路，手还按着刀柄，眼睛也偷偷关注着泰山。

阿鲁尔城很大。有些建筑之间的间隔很大，有些建筑则扎堆在一起。这些扎堆在一起的建筑，有的高达一百英尺，显然是由一个较大的山开凿而成。一路上遇到了许多武士和妇女，大家都对这个陌生人充满好奇，当发现是把他带去国王的宫殿时，更是没人试图去攻击他。

他们最后来到一个大的建筑群前面。这个建筑群占地很大，前方是一个蓝色的大湖，四周被高墙所围。领路的武士带他来到门口，那里有十几个卫士把门，围成一圈，防止泰山他们往里去。之所以这样防范，是因为泰山他们身后跟了一大群好事者，看上去像是可怕的暴民。

带路的武士讲明来意，门卫把他们带到院子里，让他们在那里候着，有人进去通报国王。十五分钟后，一个更为高大的武士来到了院子里，身后还跟着几个武士，都在仔细观察泰山。

领头的人走到泰山面前，问道："你是谁？你想要见柯坦——我们的王，做什么？"

泰山答道："我是你们的朋友，来自雅本欧索国，来拜访帕乌尔顿的国王柯坦。"

武士们似乎被打动了，在那里嘁嘁私语。

"你是怎么来的？你想要柯坦做什么？"领头的武士又问道。

"够了！"泰山大叫起来，"难道雅本欧索信使的待遇和瓦兹顿流浪汉的待遇一样吗？现在就带我去见你们的国王，要不雅本欧索真神会降怒于你的！"

对自己装出来的这种自信，泰山没有十足的把握，静静地等着看结果。效果很快显现，问话的人听到泰山的呵斥，脸都白了，心惊胆战地向东方望了一眼，把左手放在自己胸前，右手伸向泰山，表达诚恳接纳的意愿。

泰山迅速向后退了一步，似乎要避开这只亵渎神灵的手，脸上的表情又吃惊又厌恶。

"住手！"他叫起来，"你竟胆敢触摸雅本欧索真神的信使？只有国王柯坦才有资格接受雅本欧索真神赐予的荣耀！快点！我已经等得太久了，霍顿人就是这样迎接真神的儿子的？！"

起初，泰山想直接假装成雅本欧索真神本人，可直接假装成真神多少有些尴尬，他决定还是以神的信使面目出现，后来感觉装扮挺成功，又突发奇想把自己说成是真神的儿子了：一方面真神的儿子要比信使尊贵得多，另一方面这样的说法又给自己的行为留了一些余地，毕竟一个年轻的小神在行为举止上肯定不能和年老尊贵的真神比。

周围的人听到泰山的说法大为震惊，都不由自主往后退了退，领头的人更是要晕过去了，等他终于镇静下来，能开口说话时，语气已经变得非常卑微，泰山听了不禁暗笑。

他向泰山恳求："饶恕我吧，真神的儿子！饶恕可怜的达科特！我带你去见国王柯坦，请你走在我的前面！"他让武士往两边让开，给泰山让出路来。

泰山故作傲慢地说："好吧，带路！让其他人也跟着来！"

达科特吓坏了，让干什么就干什么，一行人就这样被带到了国王柯坦的面前。

光明之城阿鲁尔 | 077

Chapter 9

血染的祭坛

　　王宫内部装饰精美,到处都有几何图案,还有动物、鸟和人的图案。宫殿内部有很多石头器皿、金器和动物的皮毛做装饰物,但没有纺织物,由此可见,霍顿人仍处于进化链上的较低等级,当然,对称的门廊和精美的装饰,说明他们还是具备了一定的文明。

　　穿过一个又一个房间,走过一个长长的通道,上了三级台阶,最后来到一个连拱廊前,这个连拱廊有三百多英尺长,拱廊末端对着宫殿的西翼,外面就是蓝色的大湖。现在,泰山穿过拱廊,来到一个大殿的入口。

　　大殿里聚集了很多武士,大殿的穹顶有五十英尺高,上面钻了很多小圆孔用来透光,穹顶下方是一个类似金字塔的建筑,一排排的台阶直达穹顶,台阶两旁坐满了武士,在台阶紧挨穹顶的顶端坐着一个威严的人物,身穿金色的铠甲,在阳光下闪闪发光。

　　达科特向着金字塔尖那个光芒万丈的人物喊道:"柯坦!柯坦

和帕乌尔顿的勇士们！看一看雅本欧索真神给你们的荣耀！他送来了他的儿子作为信使！"说完，退到一边。

柯坦站了起来，其他武士也都伸长了脖子想好好看看这个陌生人，甚至连金字塔对面的人也都围了上来，想一看究竟。尽管都心存怀疑，但又谨慎地不愿表露出来，这样不管事情向哪个方向发展，都有回旋的余地。大家先是盯着泰山看，然后又转向柯坦，想通过他的举动来决定自己该怎么办。柯坦显然也在左右为难，拿不定主意。

泰山直直地站在那里，两个胳膊交叉放在胸前，帅气的脸上露出傲慢与轻视的神情。达科特感觉空气里似乎有怒气在聚集，形势十分紧张。他局促不安地看看泰山，又向柯坦投去祈求的目光。王宫大殿里死一般的寂静。

终于，柯坦打破沉寂："是谁说他是雅本欧索真神的儿子的？"伴随着话锋，一道凌厉的目光射向达科特。

武士几乎失声尖叫："他自己说的！"

"那就一定是真的？"国王步步紧逼。

国王的话音里居然含着讽刺？真神保佑！达科特吓坏了，赶紧看了泰山一眼，试图从神那里汲取对自己信仰的自信，可是在泰山看来，那小子胆小得可怜。

"柯坦啊！您的眼睛应该可以看到，这就是真神的儿子啊，您看看他神一般的体格，他的手脚和我们不一样，而且他像他的真神父亲一样没有尾巴。"

柯坦表现得好像才发现这些不同似的，不过，看得出来，他的怀疑正在动摇。正在此时，一个年轻的武士从金字塔对面的人群中走出来，仔细看了看泰山，高声说道："柯坦，达科特说的肯定是真的。昨天带水之谷的俘虏回来的路上，我们看见他坐在一头格雷夫的背上。当时我们躲起来了，不过我看得很清楚，昨天坐在格雷夫背上的人，就是现在这个信使。"

这些证据足以让大多数武士相信，站在他们面前的就是神的儿子，立刻，他们的神情转为恭敬，身体也不由自主后退，很快，围在泰山周围的人都后退到了一定距离之外，泰山面前出现了一片空地，使他可以直面金字塔尖的柯坦。柯坦显然也受到触动，语气和举止悄悄变化，不过，他表现得很委婉，这样既不得罪真神的儿子，万一遇到的是个冒牌货也好抽身。

他问泰山："如果你真是雅本欧索的儿子，就应该知道我们的怀疑是很正常的。没有任何迹象表明雅本欧索真神要给我们这么大的荣耀，而且，我们怎么知道真神还有个儿子？如果你真的是真神的儿子，帕乌尔顿的子民很乐意尊崇你；如果你不是，你一定会为你的亵渎受到惩罚的！这就是我，柯坦，帕乌尔顿国王的观点！"

"嗯，讲得很好，敬畏神明的国王应该这样。要先确认我的身份，再施以敬意，这是对的。真神要求我来确认你是否有能力统治他的子民。在你尚在襁褓之中的时候，他把国王的精神注入你的身体，现在看来，他的选择没有错。"

泰山貌似轻描淡写的说辞，收到了很好的效果。武士们群情激动——终于知道国王是怎么产生的了！在候选人还是小孩子的时候，真神就已经定下来了。太棒了！真是个奇迹！站在他们面前的这个人什么都知道！他肯定还和真神讨论过这类问题！现在每一个人都相信了神的存在，因为神的儿子就在眼前啊！

泰山接着说道，"你现在可以过来确认，我是否冒名顶替。走到近前来，你会看到我和你们不一样。而且，你居然站在比真神儿子更高的位置，这不合适。"柯坦努力保持住国王的尊严，从已被磨得光滑锃亮的金字塔台阶上一步步走了下来,人群中有些许骚动。

看着站在对面的国王,泰山说道,"现在,你可以清楚地看到,我和你们不是一个族类,你的祭司应该说过,真神没有尾巴,而且是自打出生就没有尾巴。这些证据还不足以证明我的身份吗?难道你不知真神的厉害!扯起一道闪电,带来死亡,带来降水,鲜花、水果、谷物、青草、树木等等,在他神圣的召唤下焕发生机;你见证过生死,人们之所以尊崇真神,就是因为他掌握生死!如果有人胆敢冒名顶替,会有什么结果?就像你如果否定我,就会受到惩罚一样,冒名顶替的人也会受到惩罚!"

泰山的话令人信服,也让人无法反驳,似乎只要提出质疑,就是对真神的亵渎。柯坦暗自庆幸,没有慢待真神的儿子,可是下一步该如何款待真神的儿子,还真拿不定主意。他对神的认识其实非常模糊,只是像原始先民那样,知道神也是一个个体。他觉得真神的享乐方式应该和他差不多:不计后果的纵情享乐,暴饮暴食。说到饮食,柯坦很喜欢一种当地饮料,是把玉米浸泡在果汁里,再加一些其他调料。在他看来,一口饮料下去,会让人觉得欢乐无忧。多喝几杯的话,原来不想干、不敢干的事,就都敢干了。遗憾的是,喝了这种饮料,头一天晚上有多快乐,第二天清醒后就有多痛苦。柯坦觉得,要是神喝了它,估计就只有快乐,而不会痛苦,先不管后来的痛苦,让神高兴起来再说。

自帕乌尔顿建国以来,只有国王才能涉足金字塔顶的位置,还有什么能比让真神的儿子坐在国王旁边更荣耀?想到这里,柯坦邀请泰山走上金字塔和他坐在一起。一起走到塔顶,柯坦想坐进自己的宝座,却被泰山拦住了。

他呵斥柯坦:"没有人能和神平起平坐。"说完自顾自走上去,坐在了国王的宝座上,柯坦非常尴尬,又不敢触怒"国王的国王",只好硬憋着。

"不过,神可以邀请他忠心的仆人坐在他的身边。来,柯坦,我以真神之名给予你这个荣耀。"

泰山的策略是既要激发柯坦的敬畏,又不能让他与自己为敌。毕竟他并不完全了解霍顿人对神的敬畏程度,原来欧玛特和塔登为了信仰问题发生过争执,就没有再涉及这个话题,他也无从得知了。不过,泰山注意到柯坦对退出王位不满,还是决定安抚,现在看来,效果不错,武士们脸上的敬畏之色更重了。

泰山指示国王继续因他到来而打断的公务。所谓公务主要就是处理武士间的纠纷。这时,紧挨着国王宝座下方的台阶上,站起来一个人,他提出的问题重要性毋庸置疑,只要有政府,就会有这样的问题,需要和邻国长期谈判。泰山对这个问题不感兴趣,感兴趣的是,从坐的位置来看,这个人应该是一个部落酋长,而且这个高大健壮的酋长名叫雅丹——塔登的父亲。知道这一点似乎对目前的处境没什么帮助,而且要是说出他和塔登的关系,就等于承认自己神的身份是假的了。

处理完公事,国王提议带着真神的儿子去参观神庙——就是举行祭祀仪式、祭拜真神的地方,并亲自陪着泰山穿过宫殿的长廊,向皇家内院的北边走去。

神庙属于王宫的一部分,建筑风格也很相似。庙内有好几个大小不一的举行祭祀的地方。每个举行祭祀的地方东西两侧都各有一个祭坛,祭坛呈椭圆形,长轴为东西方向,是由小丘砍削而成,上面没有穹顶。西边的祭坛由一整块石头构成,上面中空,形成一个椭圆形的空腔。东面的祭坛形状相仿,不过,上面是平的,而且无一例外都沾有很多棕红色的污点,泰山不用细看,只用鼻子闻闻就知道，这些污迹是已经干了的人血。在神庙的庭院下方有很多房子和长廊，一直蔓延到群山深处。

柯坦事先已经派人去神庙通知真神儿子的到来，所以，在参观神庙的路上，有很多祭司跟随。这里的祭司与众不同，都戴着面具。有的面具是鬼脸形状的，把整个脸都遮住了；有的则是戴在头顶的夸张兽头。总祭司不戴面具，是一个老头，眼光狡诈，两只眼睛都往中间长，快靠在一起了，嘴唇很薄，紧紧地抿着，透着凶狠。泰山打眼一瞧总祭司，就知道真正有威胁的人出现了，这个人对自己充满敌意和怀疑。他知道，总祭司与普通民众相比，对真神最为了解，也是最有可能质疑他身份的人。

不管总祭司心里如何怀疑泰山，他并没有公开提出来，或许他内心和其他人一样，都不是很相信泰山说的，但又心存疑虑，担心万一真有真神怎么办。所以，到目前为止，泰山都是安全的。不过，泰山心里也清楚，总祭司说得好听，心里肯定无时无刻不在想着如何揭开这个冒名顶替者的面纱。

一进神庙就不再由柯坦带着泰山参观，而改由总祭司陪同。总祭司带他来到存放进贡物品的房间。这些物品种类繁多，从晒干的果实到各式金器应有尽有，房间里、走廊里放得到处都是。

神庙里有很多瓦兹顿奴隶，都是霍顿人从那些更原始的村落里掳来的。泰山注意到有一个用栅栏封起来的走廊，栅栏后面关了很多人，既有霍顿人也有瓦兹顿人，大部分都蹲在那里，也有些在来回走动，不过，无一例外都表情悲戚、绝望、无助。

"这些人这么悲伤，是干什么的？"这是进入神庙以后，泰山第一次发问，不过很快发现不该问这个问题，因为总祭司鹿丹一脸不可置信地看着他。

鹿丹反问道："难道真神的儿子不应该是最清楚的吗？"

血染的祭坛 | 083

泰山静静地说道:"对真神儿子的问题居然用反问来回答,是要受到惩罚的。鹿丹总祭司或许有兴趣知道,不忠诚的祭司如果血染祭坛的话,是不会惹怒真神的!"

鹿丹的脸都白了,连忙回答泰山的提问:"他们是给真神的贡品,当一天结束,太阳回到你父亲那里的时候,要用他们的血染红祭坛。"

"谁告诉你,真神喜欢他的子民被处死在祭坛上,万一弄错了怎么办?"泰山质问道。

"那无数的人都白死了?"鹿丹回道。

国王、武士和祭司都在侧耳倾听这场对话,栅栏后面的俘虏听到了,也都站了起来挤到栅栏前,每天都会有人从这个栅栏里被拉出来祭神,永远也不会回来了。

"放了他们!"手指着这些身陷囹圄的迷信的牺牲品,泰山大叫起来,"以雅本欧索真神的名义,我告诉你们,你们做错了!"

Chapter 10

禁 园

鹿丹听了，脸吓得发白，高叫起来："这是亵渎啊！千百年来，每天晚上，祭司都会进贡一个活人给雅本欧索真神，从来没见真神不高兴啊！"

泰山制止鹿丹："闭嘴吧！这是无知的祭司没有读懂神的信息。你们的武士死在瓦兹顿武士的刀棒之下，你们的猎人被狮子吃掉，每天都有村民死去，这些都是真神敲响的警钟，提醒你们不要把无辜的人拉上祭坛，你还想要什么提示？你这个愚蠢的祭司！"

鹿丹沉默了，内心挣扎得厉害，一方面害怕这个人真的是真神的儿子，另一方面希望他不是。最后恐惧占了上风，他不再坚持，转头对一个品阶较低的祭司说："既然真神的儿子说了，那就打开栅栏，放了这些人，让他们从哪里来，还回到哪里去。"

命令下去，栅栏打开，奴隶们意识到奇迹发生，得救了，纷纷涌到泰山的面前跪下来，高声致谢。

千百年来的古老仪式就这么被推翻了,柯坦和鹿丹一样觉得接受不了,他困惑地看着泰山,叫起来:"那我们该怎么做才能取悦真神呢?"

泰山回答:"如果真想取悦真神,就把食物、衣物这些国民喜欢的东西放到祭坛前,真神会为这些物品祈福,之后可以把它们分发给城里最需要的人。我看见你们的储藏室里堆满了这些东西,告诉国民,就按我说的办法给真神献祭,真神会赐福给你们的。"泰山说完,转身准备离开神庙。

快要走出神庙的时候,泰山看到一栋小巧精致的房子独立于其他建筑群之外,窗户和门都用栅栏围了起来,他问鹿丹:"这个建筑是干什么用的?你把谁关进去了?"

总祭司好像很紧张:"啥也不是,里面没人,废弃的,好久没用了。"边说边带着大家回到了神庙的入口处。鹿丹和祭司们停在那里,泰山、柯坦和武士们穿过门廊,回到了宫殿。

泰山一直想问柯坦,是否有和他同族的女子来过这里,可不敢问,心知大家对他的身份还存有疑虑,不过,最终还是下了决心,今晚睡觉前,一定要问问柯坦。

晚上,柯坦在大殿设宴款待泰山,一大群瓦兹顿黑奴在那里忙碌,泰山注意到有个黑奴看到他的时候一脸震惊,又发现这个黑奴向另外一个黑奴偷偷说着什么,边说边瞄着泰山这边。泰山实在想不起来曾在哪里见过他,也不明白为什么这个瓦兹顿人对他这么有兴趣。

柯坦发现真神的儿子对他提供的美食没兴趣,对那具有魔幻效果的美酒也不感冒,真是又震惊又厌恶。泰山也很郁闷,宴席上,客人们只顾埋头大吃,没人说话,唯一能听到的声音就是吃东西的"呼噜"声,这不禁让泰山想起来他去拜访威斯敏斯特公爵的情形。

客人一个个都喝醉了,大殿里鼾声此起彼伏,只有泰山和奴隶处于清醒状态。

泰山站了起来,对一个黑奴说:"我要去休息了,带我去我的房间。"

黑奴带着泰山去休息,那边那个一脸震惊的黑奴又开始对另一个黑奴嘀咕着什么,后者惊恐地看了看泰山离开的方向,说道:"如果你是对的,我们当然能够获得自由,可万一你要是错了,真神啊!等待我们的会是什么?"

"错不了!"前者叫起来。

"我们只有向总祭司鹿丹汇报才行。我听说,真神的儿子被带到神庙的时候,他的脸都绿了,他对真神的儿子是又怕又恨呢!"

另一人问:"你怎么会认识总祭司?"

"我曾经在神庙干过。"

"那现在就去告诉他,不过,一定要确保我们能够自由才行!"

稍后就看到,一个瓦兹顿人来到神庙前,请求面见总祭司鹿丹,说是要汇报一件非常重要的事情。尽管天色已晚,鹿丹还是接见了他,听了他的汇报。听完之后,鹿丹承诺,如果他们能够确认自己所说属实,不仅可以得到自由,还会有很多礼物。

在黑奴面见总祭司的时候,帕斯特乌尔韦德山上,一个人正在月光下努力前行。他背着一支步枪,枪管在月光下发着亮光,斜挎在肩上的子弹匣里,子弹也反射着微光。

黑奴带着泰山来到一个可以俯瞰蓝色大湖的房间,他发现这里的床和瓦兹顿人的床很相似,就是一个石台,上面铺着很多兽皮。他还没有问他的问题,只好带着问题入睡了。

新的一天开始,泰山醒了,除了侍奉的黑奴,没有人来找他,正好可以四处转转。宫殿正中央的位置有一个被围墙围起来的小院子，激起了他的好奇心。这个院子貌似没有门、窗，好像也没有房顶，因为可以看到有树枝从院墙上面横逸出来。既然找不到进去的路，泰山便取下绳子，扔到院子里面大树的树枝上，很轻松地拉着绳子进入了小院。

原来院墙围住的是一个小花园，里面草木繁茂，鲜花盛开。并没有事先确认这个花园到底是废弃的，还是关着什么人，泰山径直跳到了小院的草地上，开始深入探寻。

小院显然不是给普通人住的，能在宫廷其他地方自由行走的人，估计也进不到这里来，这虽然保留了它的自然美，却也显得人气不足。泰山愈发好奇，也隐隐燃起希望，或许在这里能碰到他一直想寻找的人。

花园里有精致的人造小溪和人造池塘，池塘边种满花花草草，一切都那么逼真，那么自然，显然出自能工巧匠之手。围墙的内侧是仿照白色的悬崖形状建的，间或还有人造的峡谷。

花园的美景让泰山赞叹不已，他悄无声息地缓慢前行，穿过一个小树林，来到一块开满鲜花的草地上。前面出现了一个霍顿族女性，是一个年轻、美丽的姑娘，身穿黄金胸甲，站在草地中央，怀里抱着一只小鸟，正在轻敲它的头。他头一次见到霍顿族女性，感觉不管按哪里的标准，姑娘都算是个美人。

姑娘脚边坐着一个瓦兹顿女仆，背对着泰山。考虑到这两个女的并不是自己要找的人，又怕她们发现自己后报警，泰山决定藏到树后，可是还没来得及行动，就看到那个霍顿族姑娘，像受到什么暗示似的，突然转过身看向他。

姑娘看到他，眼里闪现一丝惊奇，不过，既没有惊慌失措，也没有厉声尖叫，甚至说话的声音也还是轻缓柔和的。她问道："你这么大胆闯入禁园来，你是谁？"

听到主人的话，女仆转过身，站起来："可怕的泰山！"她大叫起来，惊喜交加。

"你认识他？"女主人转向女仆问道，利用这个机会，泰山赶紧把手指放到嘴唇上，提醒潘娜特丽不要暴露他的身份，说实话，泰山完全没有料到在这里能看到她。

这边有主人问话，那边泰山又不让说，潘娜特丽不知如何是好，踌躇了一会儿，磕磕巴巴地说："我想，不，我认错了，我原以为他是我在格雷夫峡谷碰到的那个人。"

公主看看这个，看看那个，疑虑仍未打消，接着问道："你到底是谁？"

"难道你没有听说，昨天有人来拜访你们的国王吗？"

公主叫起来："你的意思是说，你是真神的儿子？"刚刚还充满疑虑的眼神被敬畏取代。

"我就是，你是谁？"

"我是欧罗拉，国王柯坦的女儿。"

原来她就是欧罗拉，塔登的爱人，为了她，塔登不惜放弃祭司职位，远走天涯。泰山又向前一步，看着美丽的公主："柯坦的女儿，真神很喜爱你，作为恩赐，他一直在保护你的爱人，助他克服各种危险。"

"我不知道你在说什么，"姑娘虽然这么说，可脸上的潮红还是暴露了一切，"布拉特就在王宫里，是我父亲的客人，我觉得他没有遇到什么危险啊！我是和布拉特订的婚。"

"但你不爱布拉特。"泰山说道。

姑娘的脸更红了，半转过身去："我让真神不高兴了吗？"

"没有，我告诉过你，真神对你很满意，正因为此，他才为你保护塔登。"

"真神知晓一切,"姑娘低声说,"他的儿子也是如此。"

"不,"泰山赶紧纠正公主的错误认识,以免以后不可收拾,"我只知道真神告诉我的。"

"请你告诉我,我还能和塔登团聚吗?真神的儿子应该能预知未来。"

泰山庆幸没有把话说满:"我并不能预知未来,只知道真神告诉我的事,不过,我想,只要你一直忠诚于塔登和他的朋友,你就不用担心。"

"你见到他了?告诉我,他在哪里?"

"是的,我见过他。当时他正和狮子谷的酋长欧玛特在一起。"

"他成了瓦兹顿人的俘虏?"姑娘失声问道。

"不是俘虏,是贵宾。"泰山回道。

"等一下,"他叫起来,抬头望向天空,"不要说话,我正在接受雅本欧索真神——我父亲的指示。"

两个姑娘赶紧跪了下来,双手捂着脸,对真神的到来充满敬畏。泰山用手轻触欧罗拉的肩膀,"起来吧,真神已经传达过了,他告诉我,这个女奴来自狮子谷,名字叫潘娜特丽,已经和他们的酋长欧玛特订了婚。"

欧罗拉满怀疑问地望向潘娜特丽,后者点了点头,单纯的小脑袋其实也在怀疑她们两个是不是都上当了。"正如他所说。"她低声回答。

欧罗拉双膝跪地,前额挨着泰山的脚尖:"感谢真神赐予他可怜奴仆的荣耀,感谢真神给予欧罗拉的福祉。"

"如果你能让潘娜特丽平安回到她的部落,真神会很高兴的!"

"真神怎么会关心她呢?"欧罗拉说话的语气中带着一丝傲慢。

禁园 | 091

泰山说:"这世上只有一个真神,他既是霍顿人的真神,也是瓦兹顿人的真神,花鸟虫鱼,凡是地上长的,水里游的,都归于雅本欧索真神。做对事的潘娜特丽要比做错事的欧罗拉更受真神恩宠。"

显然,欧罗拉无法理解泰山对神的这种解读,这和她从祭司那里得到的教诲是相反的,或许只有一点相同,那就是只有一个真神。就欧罗拉的了解,真神只是霍顿人的真神,其他生物都是真神制造出来供霍顿人驱遣的。现在真神的儿子告诉她,她并不比站在旁边的女奴受到更多的恩宠,这对她的信仰和骄傲都是个打击。但是,她亲眼看到真神的儿子在她面前和真神交流,谁会去质疑真神儿子的话呢?

欧罗拉顺从地说:"如果我能办到,我会按真神的旨意来做,可是,真神的儿子,最好由真神直接和国王沟通这件事比较好!"

"那就让她跟着你,一定要确保她的安全。"

欧罗拉略带悲伤地看着潘娜特丽:"她昨天才到我这里来,从来没有别的女仆像她这样讨我欢心,我不愿意和她分离。"

"还会有别人的。"泰山说。

"是的,还会有别人来,但潘娜特丽只有一个。"

"有很多奴隶被带到阿鲁尔城吗?"

"是的!"

"很多来自其他地方的陌生人?"

公主摇摇头:"大多是居住在山谷其他地方的瓦兹顿人,没什么陌生人。"

"我是第一个进入阿鲁尔城的陌生人吗?"

"难道真神的儿子还需要询问像欧罗拉这样无知的人吗?"

"我告诉过你,只有真神才是无所不知的。"

"如果真神想让你知道这件事,他会告诉你的。"欧罗拉轻声反驳。

泰山暗自赞叹,这个异教徒真是机智,用他自己的话把他堵了回去。不过她的闪烁其词似乎已经给出了答案,泰山不死心,接着问道:"最近这里有其他陌生人来吗?"

"我只能告诉你我知道的,柯坦的王宫里充斥着各种流言,可是一个深居王宫的女人,哪能知道哪些是真相,哪些是假象呢?"

"那就是说,确实有这方面的流言?"

"流入禁园的只有流言。"

"流言提到了另外一个种族的女人?"当泰山抛出这个问题的时候,感觉自己的心跳都要停止了,这个问题对他太重要了。

姑娘犹豫不决,最终说道:"不,我不能说这件事,就算神对这件事情非常感兴趣,我也不能说,否则的话,父亲会生气的。"

"以真神之名,我要求你说,以真神之名,塔登的命运就掌握在真神手上!"

姑娘的脸变得苍白:"真神保佑,为了塔登,我会告诉你我所知道的一切。"

"告诉什么?"灌木丛后面传出严厉的声音,三个人转身发现,柯坦从树后走出来。国王的脸因愤怒而扭曲,在看到泰山之后,又转为震惊夹杂着恐惧。"真神的儿子!我不知道是你,"国王叫了起来,转而又抬头挺胸说道,"不过,有些地方,即使是真神的儿子,也不能进来,这里,禁园,就是一个。"

敢说出这种话,对国王确实是个挑战,所以尽管他鼓足勇气说了出来,语气里还是夹杂着一丝歉意,毕竟对造物主的恐惧与生俱来。"来吧,真神的儿子,我不知道这个愚蠢的孩子都对你说了什么,你想知道什么,让国王柯坦来告诉你。你,欧罗拉,回到你的住处去。"国王指着花园的另一角,让欧罗拉过去。公主和潘娜特丽立刻转身走了。

"来,我们从这里走。"国王带着泰山向另一个方向走去。原来在围墙边,一座人造小悬崖的后面有个山洞,走下台阶,穿过一条黑黑的长廊,有一个通向王宫的出口,门口有两个武士把守,昭示着这个地方的重要性。

柯坦一路保持沉默,带着泰山回到宫殿,宫殿大厅里很多武士和酋长等在那里,等着和国王一起享乐。看到国王和真神的儿子进来,他们立刻退立两旁,留出一条通道。

离门不远的位置,总祭司鹿丹站在武士们的后面。泰山眼睛扫过他,立刻感觉到后者的狠毒和狡猾,潜意识觉得有什么不利于他的事情发生了。柯坦带着泰山走进大厅隔壁的房间,还把门帘放了下来。

与此同时,有个戴面具的小祭司出现在大厅的入口处,停在那里四处寻找,发现鹿丹后,快速向他走去。两人低声交谈了一会儿,总祭司下了命令:"立刻去公主的住处,把那个女奴带到神庙来。"小祭司领命而去,鹿丹也离开大厅,向神庙走去。

半个小时后,一个武士面见柯坦:"鹿丹总祭司想请国王柯坦到神庙去一趟。他希望国王单独去。"

柯坦点点头,接受这个即使是国王也要遵守的命令。他对泰山说:"我去去就回,真神的儿子,在这期间,我的武士和奴隶听您调遣。"

Chapter 11

死 刑

国王一个小时之后才回来。在这期间,泰山细细欣赏着墙上的雕刻和各种各样的手工艺品,宫廷里的各种装饰真是极尽奢华。

帕乌尔顿的石灰岩,质地细密,颜色白皙,即使用原始的工具也极易成型,在能工巧匠的手里更是幻化成各式精美的碗、壶和花瓶。这些精美的石器外面还镶嵌有纯金,给人一种景泰蓝瓷器的感觉。泰山自己也算半个野蛮人,因此更能欣赏这种野蛮人所表达的美,觉得要比文明世界那些矫揉造作的美好看得多。如果说前者是出自老艺术家之手的杰作,后者则更像对自然之美的粗糙模仿。

泰山正沉浸其中,自得其乐,柯坦挑起门帘走进来。泰山本在好奇门帘是怎么动的,突然震惊地发现柯坦整个脸涨红,手像中风了一样一直在抖,眼睛因惊恐睁得大大的,整张脸混合着怒火和恐惧。泰山不明所以地看着他:"你得到什么坏消息了吗?帕乌尔顿的柯坦！"

国王不知嘟囔了些什么,只见大批武士拥进这个房间,封锁了入口。国王心虚地四处张望,他扫了泰山一眼,仰起脸,眼睛看着天,叫起来:"真神做证,我做这些,不是出于本意。"停了一下,他接着向武士们喊道:"抓住他,总祭司鹿丹发誓说,这是一个骗子。"

王宫内部,武士众多,武力抵抗无疑自寻死路。泰山一直觉得自己的妻子没有死,欧罗拉的话又在一定程度上证明了他的猜测,所以他不会轻易冒生命危险。

他抬起手,叫道:"住手!这是什么意思?"

"鹿丹说,他有证据证明你不是真神的儿子,要求把你带到大殿去对质。如果你所说属实,就不应该害怕他的质询,不过,记住,是总祭司要求国王做这件事的,我只是个执行者,不是发布命令的人。"

泰山看出来,柯坦并不完全相信鹿丹的话,所以才一再表明自己和这件事无关。

他对柯坦说:"不要让你的武士来抓我,否则真神会错了意,会劈死他们的。"泰山的话效果很明显,直接面对他的第一排武士,忽然变得谦卑起来,不断地向后让,而且这种谦卑还会传染,后面的武士也都不断地向后退去。

泰山笑了:"不要害怕,我愿意去大殿见见那些控诉我的人。"

来到大殿之后,纠纷又起。柯坦认为鹿丹无权坐到金字塔尖去,鹿丹不愿意屈居下面的位置,泰山则认为依照自己的身份,没有人能比他坐得更高。

为了缓和气氛,雅丹提议,他们三个一起坐到王位上。柯坦不同意,指出,千百年来,只有国王才能坐在那里,而且三个人也坐不下。

泰山问道:"谁是我的控诉人,谁又是我的审判人呢?"

柯坦解释说:"鹿丹是你的控诉人。"

总祭司则说:"鹿丹是你的审判人。"

"我的审判人就是我的控诉人,干脆,不要用这些程序,直接让鹿丹判我死刑得了。"讽刺的语气,轻蔑的表情,直视的目光,这一切让鹿丹怒火中烧。

显然,柯坦和武士们觉得泰山的反对很有道理。"在王宫的大殿里,只有柯坦才能做审判人,"雅丹说道,"让他听听鹿丹的指控和证人的证言,他的审判具有最终的效力。"

柯坦对当这个审判人并不热心,毕竟泰山还真有可能是真神的儿子,他想了想,找到一个逃避的法子:"这是个宗教问题,根据传统,国王不能干涉宗教问题。"

"那就在神庙里审判得了。"有酋长提议,看来武士们和国王一样,都不想承担相关责任。总祭司听了这个提议倒很高兴,还暗自责备自己,为什么一开始没有想到这一点。

"对呀,这个人的罪过是冒犯了神庙,就应该把他拖到神庙去接受审判。"

"真神的儿子不会受任何人胁迫,倒是你鹿丹,会在审判结束后,因亵渎神灵而被拖出神庙,想想你愚蠢的举动吧!"泰山说这些话本想吓唬吓唬鹿丹,但他一点儿也不害怕。

泰山暗自琢磨:这个人对宗教最为了解,他清楚自己宣扬的信仰是假的,当然也知道我说的是假的。现在要想脱身,只能装作对审判满不在乎。总祭司在心里早已经判了我死刑,柯坦和武士们倒还对我心怀敬畏,现在要好好利用这一点,才能设法从鹿丹的诡计中逃脱。

死刑 | 097

泰山耸了耸肩，走向金字塔的台阶，"对真神的儿子来说，在哪里都无所谓，不管是神庙还是王宫，鹿丹在哪里惹怒真神，真神就能到哪里。"

问题就这么轻松解决，国王和武士们都松了一口气，泰山对审判的轻慢态度，让他们更加相信他，他们跟着进入神庙。鹿丹带领众人来到最大的祭坛广场前，让柯坦站在祭坛左边的平台上，泰山站在右边的平台上，自己站在祭坛后面。

泰山走上平台，看见祭坛中间的椭圆形盆里，赫然浮着一个全身赤裸的新生儿尸体，他陡然暴怒，质问鹿丹："这是什么？"

后者邪恶地笑了："你居然不知道，这更能证明你说的一切都是假的。自称是真神儿子的人，居然不知道，当太阳落山时的光线射向东边的祭坛时，为响应神的教诲，要用一个成年人的血染红东边的祭坛；当太阳从造物者的身体里东升的时候，它会乐意看见新生儿的死。新生儿的灵魂会跟着它穿越天庭，就像成年人的灵魂会跟着它回到真神那里一样。

"连霍顿的小孩子都知道的事情，自称是真神的儿子的人却什么也不知道。如果这些证据还不够的话，还有更多的证据。来，把那个瓦兹顿人带上来。"鹿丹大叫着，指着一个高个黑奴，他和其他黑奴以及祭司们一起站在祭坛左边。

黑奴战战兢兢走上前来。"把你所知道的告诉我们！"鹿丹叫嚣着。

瓦兹顿人说道："我以前见过他。我是水之谷的人，有一天，我们的队伍遇到了一小群狮子谷的人，这个陌生人就在那群人里，他们叫他可怕的泰山。这个人确实可怕，力大惊人，我们二十个人一起围上去，才把他制服。不过，他打斗起来，并不像神，我们用大棒敲他的脑袋，他立刻就晕过去了，和我们普通人一样。

我们把他带回部落，可他逃跑了，还割下看守的头，带下山谷，绑在一根树枝上。"

"用奴隶的话诋毁神的话！"雅丹叫起来，他一直对泰山抱有好感。

"离事实真相只有一步之遥了，"鹿丹打断雅丹的话，"或许，对于来自北方的酋长来说，国王柯坦独生女儿的证言更有说服力。不过，作为一个父亲，自己的儿子因不愿意承担祭司职责逃跑了，可能并不愿意听针对另一个亵渎者的审判。"

雅丹的手开始去摸刀，旁边的武士拦住了他："雅丹，这是在神庙里。"武士的提醒让雅丹强压怒火，但心里的恨意有增无减。

柯坦转向鹿丹："我的女儿知道什么？你不会要把她带来公开做证吧？"

"不，"鹿丹答道，"不是公主本人，我这里有一个人可以代替公主做证。"他向一个小祭司招招手，"把公主的女仆带过来。"小祭司把潘娜特丽拽了上来。

小祭司解释道："公主欧罗拉独自待在禁园里，身边只有这一个女仆，这个人突然从树后面出来，声称自己是真神的儿子。公主说，女仆看见这个人，非常震惊，还称呼他可怕的泰山，我们知道水之谷的人也是这么叫他的，而这个女仆来自狮子谷。水之谷的人说，第一次见到他的时候，他正是和狮子谷的人在一起。公主还说，这个名叫潘娜特丽的女仆昨天才被带过来，她还给公主讲了一个奇怪的故事，说一个叫可怕的泰山的人曾经把她从兽人手里救出来，还说他们两个曾被两头格雷夫追赶，这个人设法引开格雷夫，让她先逃走。不过，她在回自己部落的路上，被抓为俘虏。"

鹿丹大叫起来："难道还不清楚吗？这个人根本不是神，他告诉过你他是真神的儿子吗？"鹿丹转向潘娜特丽，厉声问道。

姑娘吓得直往后缩。

"回答我，奴隶！"

潘娜特丽闪烁其词："他好像不是普通人。"

"他告诉过你他是真神的儿子吗？快回答我的问题。"鹿丹坚持着。

"没有。"姑娘低声回答，向泰山投去祈求原谅的一瞥，泰山向她报以友好的微笑。

"并没有证据表明他不是真神的儿子，"雅丹说道，"难道真神会四处宣扬'我是神，我是神'？你听到过吗，鹿丹？没有，你从来没有听到过。他父亲不做的事情，为什么他儿子会去做？"

"够了，证据已经很充分。这个人就是个骗子，我，雅本欧索的总祭司，现在就判他死刑。"鹿丹故意停顿了一下，好加强效果，"如果我是错的，就让雅本欧索真神在你们面前，用闪电刺穿我的心脏！"

现场一片静默，连湖水轻拍岸边岩石的声音都清晰可闻。鹿丹站在那里，仰脸朝天，两手上举，把胸膛袒露出来准备迎接闪电。武士、祭司、奴隶都等在那里，等着神的报复。

泰山打破了沉默："你的神把你忘了，鹿丹，"他奚落道，嘴角挂着一丝冷笑，"我在祭司和他的子民面前证明，他把你给忘了。"

"证明，你一个亵渎者，你怎么能证明？"

"你说我是亵渎者，你还依照自己的意愿证明我是个骗子，说我装成是真神的儿子。那么，你来要求真神利用他的神权，用火穿过我的胸膛吧！"

又是一阵沉默。

泰山继续奚落鹿丹，"你不敢，因为你知道，你会和我一起死。"

"你撒谎，要不是我刚收到真神的信息，说对你另有安排，我现在就让你死。"

祭司们虔诚地附和着："嗯嗯！"柯坦和武士们则处于纠结状态，私下里他们对鹿丹又恨又怕，但根植于内心的对祭司职业的尊敬，又让他们不敢公开说一句反对的话。

一个人也不敢发声吗？不，无所畏惧的北方酋长雅丹敢："这个提议很公平，如果你想让我们相信他说的是假的，那就让雅本欧索真神拿闪电来劈他吧。"

鹿丹咬牙切齿地说："够了，什么时候起，雅丹能指挥总祭司了？把这个骗子给我抓起来，明天他就会以真神希望的方式死去。"武士们这边听到总祭司的命令都没有动，祭司那边倒是兴奋地一拥而上。

泰山知道，游戏开始了。只用计谋和手腕看来是不行了，估计得动武。于是，当祭司冲上平台，朝他冲过来的时候，面对的就不再是来自天国的谦谦使者，而是带着地狱味道的凶残野兽。

祭坛靠近西边的围墙，鹿丹站在祭坛和围墙之间，泰山站在他面前，泰山面前则是大约两百多名武士和祭司。

一个自以为是的冒失鬼，本想第一个冲上去抓住亵渎者，可当他伸出双手准备去抓泰山的时候，却被泰山抓了起来。泰山一只手抓住他的一条腿，另一只手托起他的后背，把他举了起来。

没有时间多想，时机稍纵即逝，就在鹿丹他们还在猜测泰山会干什么的时候，泰山用尽全力把手里的祭司向鹿丹扔了过去，然后跳上祭坛，又跳上围墙，在围墙上站好之后，他静静地看着下面，沉默了一会儿，说道："谁会相信，真神会舍得放弃他的儿子！"说完，跳下围墙，消失了。

围墙里至少有两个人为泰山的成功逃脱高兴：一个是雅丹，

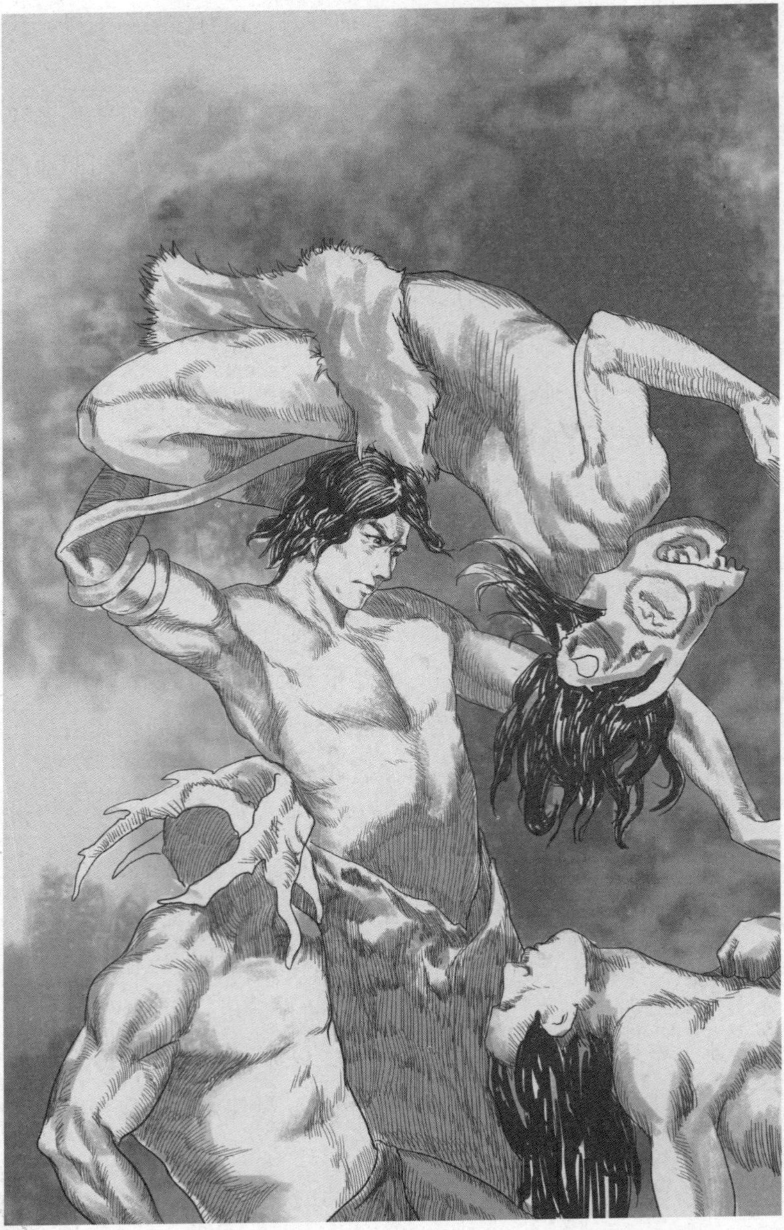

他笑容满面；另一个是潘娜特丽。

被泰山扔出去的祭司，头碰在墙上，脑浆迸裂，鹿丹躲避不及，摔倒在地，也受了一点儿轻伤。他慌慌张张地爬起来四处张望，脸上有害怕、惊恐，但更多的是困惑，因为他没有看到泰山是如何逃走的。他大叫着"抓住他，抓住这个亵渎者"，然后一头雾水地四下乱看，寻找他的猎物，不止一个武士看到鹿丹这副样子，都用手捂住脸偷笑起来。

祭司四处奔走，劝说武士去追赶那个逃跑的人，可武士们表现冷淡，他们在等国王或总祭司发布命令。柯坦内心还是乐意见到鹿丹受挫的，现在也等着鹿丹的指令。鹿丹听了其他祭司向他解释泰山是如何逃跑的，总算明白是怎么回事了。

他立刻发布命令，要武士和祭司们去神庙门口寻找泰山。泰山在围墙上说的话，并没有对大众产生什么新的影响。武士们内心都觉得他是一个勇敢的人，还有很多人看见鹿丹受挫，内心居然窃喜，不知这算不算亵渎。

众人细细搜查了神庙，却一无所获。神庙里面的地下暗房由祭司们自己搜索，武士们散开来去搜索王宫的其他地方。腿脚利索的武士被派出去通知民众——注意可怕的泰山。瓦兹顿俘虏们带来的有关泰山的故事迅速传遍全城：他赤手空拳和格雷夫决斗，平常的消遣就是把人一个个手撕了。不到一个小时，妇女和孩子都在栅栏后面躲了起来，搜城的武士则心惊胆战，生怕魔鬼突然出现。

Chapter 12
强壮的陌生人

光明之城阿鲁尔正在全城搜索泰山。这边狮子谷腹地迎来了一个身背步枪的陌生人。谷底相对平坦,他走起来很轻松,不过,仍旧保持高度警惕。山谷里微风徐来,风的方向和他前进的方向一致,这样一来,防范危险的任务就全落在眼睛和耳朵上了。他沿着谷底蜿蜒流淌的小溪往前走,小溪方向多变,有时沿着山谷,有时紧靠着悬崖,依山势流淌,有时碰到悬崖的突出部分,又会转个弯,这就拉长了沿河行走的距离。陌生人正往前走,迎面碰到一个人,正准备往悬崖上爬。

两个人不由自主都停了下来。陌生人看到一个高个子白皮肤的武士,腰间围着围裙和腰带,两条皮带从肩上斜挎下来,右边挂着一个皮袋子,左边挂着一把带鞘的刀。这是塔登,正在欧玛特酋长的峡谷里打猎。他看着陌生人,有点吃惊,但并没有被吓到,毕竟与泰山相处的经历,让他对这个种族多少有些了解,而且和泰山的友谊，也让他不会对这个陌生人产生敌意。

陌生人先向前走了几步，伸出手表达和平的意愿，自人类能直立行走以来，这种表达和平的方式就全世界通用吧。

塔登觉得这个陌生人和泰山长得很像，估计是同一个部落的，愿意接受他的和平意愿，也向前走了几步表达自己的友好。"你是谁？"他问这个陌生人，后者摇摇头，表示听不懂塔登的话。

陌生人通过手势，告诉霍顿人，他一路翻山越岭沿着他要找的人的足迹来到这里。塔登确定他要找的人就是泰山，不过，还是得先确定这个人是敌是友。

陌生人看见塔登像猴子一样的手、脚还有尾巴，极力掩饰自己的震惊。不过看得出来，他正暗自庆幸，在陌生国度遇到的第一个原住民这么友好。

塔登正在捕猎一些小型的哺乳动物，霍顿人很喜欢吃它们，不过，现在他顾不上打猎了，得赶紧把这个新发现带回去让欧玛特认识。他们两个在一起，或许就能发现这个陌生人的真实意图。他用手势比画着让那个陌生人和他一起走，去欧玛特的部落。

回部落的路上，他们看到有妇女和孩子在老年男人的监督下干活，有年轻人在采摘野果和根茎，还有一些人在种庄稼。种庄稼的地是把树和灌木清理干净的小块平地。他们使用的工具有点类似有铁头的矛，还有一些平头的辅助工具，说锄头不像锄头，说铲子不像铲子。

陌生人一开始看到这种通体黑色毛发的生物，立刻解下弓箭，进入防御状态。塔登微笑着用手势向陌生人解释黑人也是自己人，消除他的怀疑。瓦兹顿人看到这个陌生人倒是非常激动，围上来，"叽叽喳喳"地问着问题。陌生人一句也听不懂，但是看到和他一起回来的人似乎和他们很熟悉，也没人来骚扰自己，确信自己来

强壮的陌生人 | 105

到了一个友好的部落。

离山洞还有一段距离，塔登把陌生人带到悬崖边，沿着木槿向上爬，他相信这个生物和泰山一样，爬木槿不成问题，果然，陌生人很轻松地跟了上来，进入欧玛特的洞穴。

欧玛特没在那里，快到下午的时候，他才回来，还带着很多武士。武士们对陌生人都很友好，让他感觉真是来到了一个友好、和平的部落，根本想不到在塔登和泰山来之前，这些人是多么凶残好斗。

陌生人一看见欧玛特，就感觉到了他的与众不同，估计他是这里的酋长，因为不仅其他武士对他很恭敬，他的神态和穿着也有王者风范。塔登向欧玛特讲述了他和陌生人相遇的经过，最后说道："我觉得他在找的人是可怕的泰山。"

听到泰山这个唯一熟悉的字眼，陌生人脸庞发亮，叫起来："泰山，是的，人猿泰山！"他打着手势告诉大家，他要找的人就是泰山。

大家都听明白了，而且看他的表情，似乎和泰山有深厚的感情，不过，谨慎的欧玛特还要再进行确认。他指了指陌生人的刀，重复着泰山的名字，抓住塔登，做出要杀他的样子，然后面带疑问地看着陌生人。陌生人使劲摇头，把一只手放在胸前，举起手，做出和平的手势。

塔登很兴奋："他是泰山的朋友。"

欧玛特很沉稳："要么是朋友，要么就是个大骗子。"

陌生人接着问道："泰山，你们认识他吗？他还活着吗？天啊，如果我能说你们的语言！"眼看着用语言沟通不了，他又开始比画起来，想确认泰山到底在哪里。他一边说着名字，一边指向不同的方位，山洞里，山下的峡谷里，身后的高山上，下面的山谷里。可是，每当他指着一个地方，用"嗯？"来询问时，收到的都是否定的答案。欧玛特向陌生人表明听明白了这些问题，可是他也不知道泰山在哪里，之后，他试着用手势对陌生人解释他所知道的有关泰山的消息。

他称呼这个陌生人雅尔丹，在帕乌尔顿的语言里，就是陌生人的意思。他指着太阳，说"阿斯"，重复了几遍之后，把手伸出来，一个个点过自己的五根手指，然后重复"阿迪嫩"这个词，想让陌生人明白，他指的是五。他又指指太阳，用手比了个弧，从东边开始到西边结束，接着不断重复"阿斯阿迪嫩"，很明显这意味着太阳滑过天空五次，换句话说，就是过去了五天。接下来，他指了指他们所在的山洞，叫着泰山的名字，用右手的前两个手指模仿人在地上走的样子，表示泰山已经在五天前离开山洞，爬上悬崖走了。

陌生人向欧玛特表示他看懂了，同时指指向上的木桩，表示自己要去找泰山。

欧玛特说："让我们和他一起去，我们还没有惩罚那些杀害我们朋友的水之谷人。"

塔登说："劝他明天再走。这样你就可以多带些武士，来一次更大的偷袭。这次，不要把俘虏都杀了，尽可能多带活的回来，通过他们，我们或许可以知道泰山的下落。"

"霍顿人的智慧真了不起，就按你说的来，把水之谷的人都抓来，让他们把一切都告诉我们，然后把俘虏带到格雷夫峡谷边缘，把他们推下去喂格雷夫。"

塔登笑了笑，知道他们不可能把水之谷的人都抓来做俘虏，能抓来一个就不错了，他们还有可能打败仗呢。不过，塔登也知道，欧玛特的威胁是真的，只要有机会，他就会这么做，真不知道这两个邻居之间的仇恨怎么会那么深。

让陌生人明白欧玛特的计划不是件难事。他已经知道，欧玛特会带很多武士去，而且他们要去的国度是敌对国，这样的话，多些保护总是好的，毕竟能够继续他的寻找才是最重要的，他支持酋长的计划。

这个晚上，他就睡在欧玛特的洞穴里。第二天一早，吃完早饭，众人集合，一百名武士爬上悬崖，到达山顶。在大部队前面有两个先行者，角色类似现代军事演习的前哨，负责预警前方突发的危险。

越过山脊，下山进入水之谷，迎面遇到一个水之谷人，独自一人，没有携带武器，正慌里慌张往自己的部落赶。这个人一看见狮子谷的队伍，知道逃跑无望，只求速死，结果发现他们居然只是俘虏了他，更加慌乱。

欧玛特吩咐一个武士："把他带回狮子谷，不要伤害他，等着我回去。"

一脸困惑的水之谷人被带走了，武士们接着前进。他们运气不错，还没到水之谷的村子，就发现了一队水之谷武士从峡谷下来，有一场好仗打了。

狮子谷的武士们静静地隐藏在小路两旁的树荫里。水之谷的武士根本没有意识到危险的存在，觉得这是在自己的地盘，地形非常熟悉，很安全，完全没想到一声厉吼之后，会有狮子谷的大棒从天而降。

先是一声厉吼，之后一百个武士跟着齐声怒吼，中间还夹杂着水之谷武士通报战争的吼叫声。一阵大棒之后，双方短兵相接，开始一对一的肉搏。日光透过树缝照射在挥舞的大刀上，武士们身上的黑毛开始掺杂红色的血迹。

陌生人也加入了战斗。尽管水之谷和狮子谷都属于瓦兹顿人，外表一样，但他的眼光很犀利，很快发现了两个队伍的不同——他们身上穿的兽皮围裙不一样。

欧玛特在打倒第一个对手之后，看了一眼雅尔丹，心里暗自称赞："他打起仗来真像狮子一样凶狠，他和泰山所在的部落一定很强大。"很快他的注意力就投给了新的敌人。

树林里到处都是打斗的人，直到最后，幸存者都已筋疲力尽，只除了那个陌生人，他好像不知疲倦，一个个击败冲上来的敌人，直到再没有人迎战。

欧玛特注意到陌生人背上一直背着个奇怪的东西，估计是个武器，但到底干什么用，他也没想明白，因为雅尔丹一直没用过它。在欧玛特看来，它就是个累赘，在雅尔丹跳、扑、左右腾挪时总是会被它绊住。战斗一开始，陌生人就把弓箭放到了一边，但却一直背着这支步枪，寸步不离身。

已经筋疲力尽的狮子谷武士，看见陌生人这么骁勇善战，都有些不好意思，又纷纷冲向敌人。敌人显然被陌生人的英勇吓破了胆，无心恋战，准备逃跑。欧玛特一声令下，围住了一群实在跑不动的水之谷武士，抓了俘虏。

武士们胜利回到狮子谷，又疲惫又兴奋。他们抓了二十个俘虏，死了六个，在他们的记忆中，这是最成功的一次偷袭，欧玛特的确是一个伟大的酋长！欧玛特心里清楚，之所以取得这么大的胜利要归功于陌生人的加盟。他毫不吝啬对陌生人的赞赏和嘉奖，很快整个部落的人都在传颂陌生人的事迹，大家觉得，有泰山和陌生人来帮助他们，真是他们的福气。

一山之隔的水之谷，幸存者们心存余悸地讲述着他们遇到的第二个魔鬼。

回到山洞，欧玛特让人把俘虏们一个个单独带上来，仔细询问泰山的下落。他们知道的情况都一样：五天前，他们俘虏了泰山，可他把卫兵杀了，逃跑了，不仅如此，还把卫兵的头割下来带走，悬挂在峡谷里的一棵树上，后来的事，他们就不知道了。情况在问到最后一个俘虏时出现转机，这个俘虏就是他们第一个抓到的那个没带武器的水之谷人。

当他发现欧玛特询问的真实意图后，开始讨价还价："我知道这个可怕的人的下落，我昨天看见他了，如果我一五一十地告诉你们，你们得保证把我和水之谷的人都放了，让我们安全回家。"

欧玛特回答："无论如何你都会告诉我们，否则就杀了你。"

"无论如何你都会杀了我，但你要不答应，就算杀了我，我也不会说。"俘虏坚持自己的意见。

"就这样好了，欧玛特，"塔登说道，"答应放他们走。"

"好吧，那就告诉我们吧，如果你把知道的都告诉我们，就放你和你的族人回家。"

"好的！事情是这样的，三天前，就在你们抓到我的那个地方附近，我和族人在那里打猎，被霍顿人俘虏了。他们把我们带到了阿鲁尔城，一小部分抓去做了奴隶，剩下的关到神庙下面的地牢里，准备拿去做祭品，在祭坛上献祭真神。

"看起来我是活不成了，那些被抓去做奴隶的，至少还有逃跑的机会，我们被扔在地牢里，是一点儿希望也没有了。

"不过昨天发生了一件很奇怪的事。所有的祭司、武士和国王、总祭司一起陪一个人参观神庙，当走到地牢口的时候，我吃惊地发现，他们恭恭敬敬陪同的人就是不久前被我们俘虏的那个人，你们叫他可怕的泰山。不过，现在他们称呼他真神的儿子。他看见地牢中的我们，询问总祭司为什么要把我们关起来，当知道是要献祭时，大发雷霆，说这种献祭方法不是真神的意愿，让总祭司把我们都放了。

"俘虏如果是霍顿人,可以直接回家,像我们这样的,就送出阿鲁尔城,自己回自己的部落。我们本来有三个人,但路上危机四伏,我们又没有武器,还没等回到自己的部落,就只剩我一个了。这就是我知道的。"

"泰山的情况你都说完了?"欧玛特问道。

"我知道的就这些,还有就是他们的总祭司鹿丹非常生气,我听到带我们出城的两个祭司在聊天,总祭司说这个陌生人不是真神的儿子,要揭穿这个陌生人的把戏,把他处死。我听到的就这么多。现在,狮子谷的酋长,该放我们走了吧!"

欧玛特点点头:"走吧,来人,带些武士把他们安全送到水之谷境内。"

"雅尔丹,跟我来,"欧玛特朝陌生人招招手,带他来到崖顶,指指山谷里在斜阳照射下闪闪发光的阿鲁尔城,告诉他,"可怕的泰山就在那座城里。"雅尔丹听明白了。

Chapter 13

冒名顶替的人

　　泰山从神庙的墙上跳下来，并不急着逃出阿鲁尔城。他想先搞清楚妻子是不是在这里，可现在全城都在搜捕他，到底该怎么寻找，确实是个问题。

　　目前唯一可以暂且容身的地方就是禁园，那里灌木繁茂，可以藏身，还有水和水果可以吃喝。如果能安全到达禁园，对一个丛林生物来说，在里面躲一阵子不成问题，问题是从神庙到禁园还有一段距离，要想不被发现很难。

　　泰山有敏锐的观察力，方位感也很强。他想起来，昨天从王宫到神庙走的是一条地下长廊，还穿过了一些房屋，如果能从那里走的话，要比走上面的开阔地带安全得多。想到这里，他紧走几步，沿台阶进入地下的房屋。昨天他们走过的路要经过很多长廊，拐很多弯，十分复杂，但泰山有信心能够原路返回。

　　泰山不大担心被人撞见，祭司们估计都跑去大厅看如何审判他、羞辱他、判他死刑了，没想到，刚一转弯，迎面就碰到一个头戴面具的祭司。他行动迅速，根本没有给祭司反应的时间，拿起刀就插入了后者的胸膛。

祭司的尸体倒向地面，泰山眼疾手快，在尸体还没有倒地之前，一把拽下了祭司的面具，逃跑计划就靠它了，可不能摔坏了。他小心翼翼地把面具搁到地上，又蹲到尸体旁边，把祭司的尾巴从根部割掉。在走廊的右边有一个小房间，祭司就是从那里出来的，泰山把尸体拖进去，把面具、尾巴也拿进去。他从祭司的兽皮围裙上割下一窄条，把尸体藏好，把尾巴尽可能牢靠地绑在自己身后，戴好面具，走出房间，如不细看，俨然就是神庙里的一个小祭司。

他注意过，不管是霍顿人还是瓦兹顿人都经常用手攥着尾巴，他也把尾巴攥在手里，这样，那条没有生命的假尾巴就不会显得那么可疑。

穿过长廊和无数的房间，泰山终于走出了神庙。对他的搜索似乎还没有到达这里，但估计也不远了，他看到有人在四处走动。不过，祭司在王宫里太普遍了，戴着面具的泰山走在路上，并没有引起什么注意。

禁园门口的门卫没有阻拦这个假祭司，泰山成功进入禁园，快速地四下观望了一下，长出一口气，这里目前还是安全的。他走到禁园的最里面，找到一处繁花盛开的大灌木丛，躲了进去。

泰山爬进灌木丛躲好，把面具摘下来，静静地筹划下一步该怎么办。昨晚在城里逛的时候，他已经发现，晚上在外面值守的人不多，有了这个面具作为保护，还是有可能在神庙里四下看看的。祭司作为特权阶级，似乎还能在王宫和神庙自由出入，不受盘问。这样看来，可以利用晚上的时机四下侦查；白天就老老实实待在花丛里，避开搜索。此时，花园外，还能听到吆喝和询问的声音，看来对他的搜索还在紧锣密鼓地进行着。

　　闲来无事，泰山重新设计了一下他的假尾巴，让它可以更好穿脱。弄好尾巴，他又拿起面具细细看起来。这个面具由一整块木头构成，可能专门取自树上的某个部位，然后一面雕刻成型，一面挖空，只留薄薄的一层。面具的下半部两边各有一个半圆的槽口，可以用来把面具卡在肩膀上，面具下部还有前后挡板可以保护前胸和后背。这些挡板上悬垂着一缕缕的毛发，直到腰部。泰山打眼一瞧，就看出来这些装饰是人的头皮，是从献祭的人身上割下来的。面具的模样是一个可怕的人脸，看起来有点儿像人，也有点儿像格雷夫：脸上有三个白色的兽角，脸的颜色是黄色，眼睛周围是蓝色的眼眶，前后挡板像颈盾一样呈红色。

　　泰山正躲在花丛里研究面具，突然意识到花园里不止他一个人，他训练有素的耳朵听到有光脚跑过草坪的声音。起初，他以为是有人在偷偷搜查禁园，待到来人跑进他的视线，透过花枝发现，是公主欧罗拉。公主独自一人，低着头，郁郁而行，脸上还有两行清泪。

　　紧接着，又有人进了花园，这次是男人的脚步声，走得从容不迫，是两个祭司，他们径直走到公主面前。"帕乌尔顿的公主，"一个祭司向欧罗拉致意，"有一个陌生人，自称是真神的儿子，鹿丹总祭司揭穿了他的谎言，现在他逃跑了，王宫、神庙和整个阿鲁尔城都在搜捕这个人。国王柯坦说，早上在这里见过他，但不清楚他是怎么到这里来的，所以派我们来搜查一下禁园。"

　　"他不在这里，我在这里待了一会儿了，没有看见，也没有听见人来，不过，想搜就搜搜吧。"

　　"不了，"刚才说话的那个祭司回道，"没有卫兵和您的允许，他肯定进不来，而且，如果他进来了，刚才来的那个祭司肯定就看见他了。"

"什么祭司？"欧罗拉问道。

"就是刚才从门口进来的呀。"

欧罗拉说："我没有看见他呀！"

"肯定从别的门出去了。"另外一个祭司说。

公主默认了这一事实："是的，肯定如此，可是好奇怪，我没有看到他。"

两个祭司向公主敬礼，离去。

泰山自言自语："真像犀牛一样笨，看来很容易骗过他们。"

祭司刚走，又听到有脚步声飞奔而来，还带着"呼呼"的喘气声，不知是因为害怕还是兴奋。

"潘娜特丽，"欧罗拉叫起来，"怎么了？你看起来就像你的名字'母鹿'一样惊慌。"

潘娜特丽哭起来："帕乌尔顿的公主啊，他们要在神庙杀了他，要处死那个伟大的人，那个自称是真神儿子的人。"

"但是他逃走了呀，你就在现场，告诉我究竟发生了什么？"

"总祭司要把他抓住，处死他，可他们冲上去抓他的时候，他抓起一个祭司扔向鹿丹，然后跳上祭坛，越过院墙，逃跑了。他抓祭司的样子看起来好轻松，就像你抓起胸甲扔我一样。现在他们正在搜捕他，不过，公主，我祈求他们抓不到他。"

"为什么你这样祈求？难道亵渎神灵的人不该死吗？"

"可是，你不了解他。"潘娜特丽说。

"那你了解喽？"欧罗拉紧接着问，"今天早上你已经暴露了，还想来骗我。欧罗拉的仆人做这样的事，是要受到惩罚的。他就是你原来告诉我的那个可怕的泰山，对不对？说，说实话。"

潘娜特丽挺拔地站在那里，小下巴扬得高高的，要知道，如果在自己的部落里,她也是个公主呢!"我,狮子谷的潘娜特丽,不会为了保全自己去撒谎。"

欧罗拉催她:"那就把可怕的泰山的情况都告诉我。"

"我知道他是个奇人,非常勇敢。我告诉过你,他把我从兽人和格雷夫那里救了出来。我不知道他到底是不是真神的儿子,但他的勇气和力量确实不像普通人,他的善良和荣誉感也比普通人强。在本可以伤害我的时候,他保护了我;本可以自救的时候,却只想到救我。他所做的一切都是源于和欧玛特的友谊。欧玛特是狮子谷的酋长,如果不被你们逮住的话,我就要嫁给他了。"

欧罗拉低声说道:"听起来确实是个不同寻常的人。他和其他人不一样,这种不一样不仅仅是手脚的不同,也不是因为他没有尾巴,而是因为他的行为处事要高尚得多。"

潘娜特丽一心想救帮助过她的泰山,也极力想赢得公主对他的认可,她顺着公主的话补充道:"而且,他知道那么多塔登的情况,还知道他的行踪,你说,公主,一个普通人怎么会知道这些事呢?"

"或许他见过塔登。"公主提出一个新思路。

"那他怎么知道你爱塔登呢?"潘娜特丽有些不服气,"我告诉你,公主,就算他不是神,也不是普通人。他从我在狮子谷的洞穴,一路穿过水之谷,又跨过两个峡谷,来到我藏身的位于格雷夫峡谷的山洞。这中间过了很长时间,我光着脚,也没在地上留下足迹,你说他是怎么一路找过来的?一个普通人怎么能做到这些呢?放眼整个帕乌尔顿,姑娘们还能找到像他这样的男性保护人吗?"

女仆热情洋溢的赞颂,显然影响到了公主,她说道:"或许鹿丹是错的,他就是神。"

"无论是神,还是人,他这么好,绝不能死!多么希望我能救他！如果他活着，或许还能帮你找回塔登呢。"

欧罗拉叹了口气："唉，如果他能帮忙，那当然好了，可是太晚了，明天我就要嫁给布拉特了。"

"就是昨天你父亲带来见你的那个人？"

"是的，就是那个圆脸大肚子男人，"公主语气中带着厌恶，"他特别懒，既不打猎，也不打仗，就知道吃吃喝喝，除了吃喝和女人，别的什么都不想。算了，潘娜特丽，帮我摘一些美丽的花儿吧，我要用它们装饰我的床，这样明天我就能带着香甜的回忆走了。我爱鲜花，可我也知道，布拉特的父亲摩萨尔的部落里，没有鲜花。来，潘娜特丽，我来帮你，我们多摘些，这是塔登最喜爱的花，也是我的最爱。"

两人向泰山藏身的花丛走来，泰山估摸着，这里繁花茂密，她们两个不至于一定会探到花丛深处发现他，就躲着没动。只见这两个姑娘这里摘一朵，那里摘一朵，不时因发现又大又美的花朵发出喜悦的赞叹。

"哦，看啊，潘娜特丽，"欧罗拉突然惊喜地叫起来，"这里有一朵特别大的，我从来没见过这么大的，哦，我决定自己来摘，这么大这么美的花只能我来摘了。"公主拨开花丛，探手伸向开在泰山头顶的那朵大花。

一切来得猝不及防，根本没机会躲开，泰山只能静静地坐在那里，希望命运对他仁慈一些，让公主摘了花就走，看不到他。可是，公主拿剪刀剪下花朵之后，一眼就看到了泰山的笑脸。

公主尖叫一声，向后退了几步，泰山站起来，看着她。

他安慰公主："别害怕，是塔登的朋友，在向你致敬。"他牵起公主的手指，行吻手礼。

潘娜特丽兴奋地冲了过来："真神啊，真的是你！"

泰山问道:"现在你发现我了,会把我送给总祭司鹿丹吗?"

潘娜特丽扑倒在欧罗拉的脚下,恳求道:"公主啊,公主,不要把他送给他的敌人。"

"可是,柯坦,我的父亲,"欧罗拉害怕地小声说,"如果知道我背叛了他,不知道要发多么大的火呢。鹿丹总祭司,就算知道我是公主,也会把我送上祭坛,去平息真神的怒火!我夹在他们中间,肯定活不了。"

"可是,如果你不说,他们永远都不会知道。我以真神的名义起誓,永远不会背叛你。"潘娜特丽对欧罗拉说。

欧罗拉问泰山:"告诉我,陌生人,你真是神吗?"

泰山真诚地回应:"真神是和我一样的。"

"可是,如果你是神,为什么还要逃跑呢?"

"如果神和人混在一起,就会变得和人一样软弱,即使是雅本欧索真神,以肉身出现在你们面前,也有可能被处死。"

"你见过塔登,还和他说过话吗?"公主突然问了一个似乎毫不相干的问题。

"是的,我见过他,还和他待了一整晚。"

"那——"公主扭捏起来,"他——"眼睛看着地面,整个脸都红了,"他还爱我吗?"泰山知道,公主已经相信他了。

"是的,塔登心里只有欧罗拉,一直等着有一天能够娶她。"

公主伤心地说道:"可是明天他们就要把我嫁给布拉特了。"

泰山说:"或许永远都是明天,因为明天不会来临。"

"嗯,但是不幸就要来了,以后的每个明天,我都会因不能嫁给塔登而难过的。"

"如果不是鹿丹阻挠的话,我就能帮到你,但即使这样,谁说我就帮不了你呢?"

姑娘哭求："如果你能帮我的话，真神的儿子，我知道你很勇猛，如果你像潘娜特丽说得那样勇敢、善良，一定能帮到我。"

"只有雅本欧索真神才知道未来是怎样的，现在你们两个赶紧离开这里，不要让人发现你们，产生怀疑。"

"我们这就走，不过，我会让潘娜特丽送来食物。希望你能逃走，希望真神能为我所做的一切感到高兴。"欧罗拉转身走了，潘娜特丽也跟着离开，泰山重又躲了回去。

傍晚，潘娜特丽一个人来送食物，泰山把白天和欧罗拉谈话时遇到的疑问，一股脑都问了出来。

"欧罗拉说，听到有传言，阿鲁尔城里还藏着一个奇怪的陌生人，告诉我，到底是怎么回事？你在这里的这段时间里，听到过类似的传言吗？"

"是的，我听其他奴隶说过。大家都在私底下悄悄议论，但没人敢公开说。他们说，神庙里藏着一个陌生的女人，鹿丹想让她当祭司夫人，柯坦也想娶她当老婆，两个人互相忌惮，都还没采取行动。"

"你知道她被藏在神庙里的哪个地方吗？"

"不知道，我怎么可能知道？这个事情是真是假，我也不知道，只是把我听说的都告诉你。"

"他们只提到了这一个人吗？"

"不，他们提到，当时还有个人跟她在一起，但那个人后来怎么样了，却没人知道了。"

泰山点点头："谢谢你，潘娜特丽，你对我的帮助真是太大了。"

"我真希望能够帮到你。"姑娘说完，回宫殿去了。

"我也是这么希望的！"

Chapter 14

格雷夫神庙

　　夜幕降临，泰山戴好面具，装好从祭司身上割下来的尾巴，准备出发去找潘娜特丽所说的那个陌生人。考虑到晚上再从门卫那里通过，可能会遇到不必要的盘查和怀疑，他决定还是从树上走，攀上花园墙边的大树，从斜逸出来的树枝跳到花园外面。

　　形势严峻，为避免被抓，泰山决定避开昨天逃跑经过的地方，换一条路线去神庙。他对地形并不熟悉，但明确的目标和与生俱来的超强方位感，让他行动起来没有丝毫迟疑。

　　利用高墙、大树和灌木的阴影，他一路潜行，来到那个装饰精美的建筑前。昨天泰山问过鹿丹这个建筑是干什么用的，总祭司没有细说，只是含糊其词地说是废弃不用的。从他语气的犹豫不定，泰山已经知道他在撒谎，可见这个建筑应该大有用处。

　　细观这个建筑，与其他建筑均不相邻，整体有三层楼高，入口处被雕刻成格雷夫头的样子，大张的嘴就是门洞。门两边有椭圆形的窗户，用栅栏封着。整体看那颈盾、前爪，仿佛有一头格雷夫卧在那里，下巴搁在两爪之间的地上。

　　看看四下无人，泰山来到入口处，发现栅栏是锁住的，栏杆很粗，要想打开，得弄出很大的声响，透过门口往里面看，什么也看不见。他想了一下，决定从窗户入手，可窗户也是封起来的！但丛林之王并不沮丧，接着想办法。

　　事实上，如果确实无路可走，泰山也能把栅栏弄开，不过，他并不想蛮干，接着围绕建筑仔细观察，发现其他窗户也是封着的。泰山停下来听听看看，没有见到什么人，声音都从很远处传来，没什么威胁。他抬起头观察外墙，发现和城里其他建筑的外墙一样，有着精美的雕刻装饰和奇怪的壁架。这些壁架有时有一个水平的檐，但又接着拐一个角度，使得建筑外观看起来极不规则，甚至有弯弯曲曲的感觉。这种外墙不难爬，至少难不住人猿泰山。

　　要爬墙，面具便有些碍事，他把它脱下来，放到地上，悄悄爬到第二层的窗户口。窗户不仅有栅栏，里面还有窗帘，泰山没有在此耽搁，接着向上爬。他已经发现这个建筑的屋顶和王宫的屋顶一样，都有漏光的孔洞，如果这两个建筑内部也相似的话，孔洞就不会有栅栏，有没有可能从那里爬进去呢？现在只剩下一个问题，那个孔洞够大吗？不知能不能钻进去？

　　爬到第三层的时候，他在窗口停了下来，虽然有窗帘，还是能看见里面亮着灯，与此同时，一股熟悉的味道让他发狂，他用仅有的一点理智，压抑住内在的野蛮冲动，接着听里面的动静。似乎是鹿丹在发问，有人在回答，那个人的声音又绝望，又骄傲，又轻蔑，这声音让泰山彻底疯狂。

　　屋顶透光的孔洞已置之脑后，小心翼翼行动的想法也不管不顾，泰山举起铁拳，砸向小窗的栅栏，一拳之下，栅栏和窗棂都被击碎，落到屋子里面去了。泰山跟着也从窗口跳了进去，头上还顶着羚羊皮的窗帘。待落到地面，把窗帘从头上拿掉，他发现屋内一片漆黑，而且寂静无声。他大叫着："简，简，你在哪里？"但无人回答。

泰山一遍遍呼唤着妻子的名字，伸手在黑暗中摸索。他的鼻子已经闻到了妻子的味道，大脑已经确认妻子就在这间屋子里，还听到妻子严词拒绝邪恶祭司的无耻要求。如果当时再谨慎些，再小心些，这时就可以把妻子搂在怀里，把鹿丹踩在脚下，欢庆复仇成功，可是，没有时间进行无谓的自责了。

他在黑暗中跌跌撞撞地走着，突然感觉脚下的地板一斜，人又落入一个更黑的空间里，等身体碰触到地面，才意识到刚刚是走到了一个翻板上，整个人被翻了下去。这时，头顶传来鹿丹的讥笑声，还狂叫着："回到你父亲那里去吧，真神的儿子！"

掉进来的这间小黑屋，也有椭圆形的布满栅栏的小窗，窗外，湛蓝的湖面上月光在跳跃，屋内有一股熟悉的味道，半明半暗中似乎还有熟悉的身影。尽管味道很淡，但毫无疑问是格雷夫的味道。泰山站在那里不动，静静倾听，起初，只听到窗外传来的城市喧嚣，但很快，模模糊糊似乎有沿着石头通道曳足而行的声音，而且声音朝这个方向而来。

声音越来越近，现在连怪兽的呼吸声都可以听到了。显然，它是听到了泰山掉入洞穴的声音来这里查看。泰山并没有看到它，不过知道肯定就在附近，很快，洞穴里传来格雷夫愤怒的咆哮声。

泰山的眼睛已经适应洞里的黑暗。他知道格雷夫的视力很差，该如何利用这一点避开格雷夫的攻击呢？上次遇到格雷夫，学着兽人的样子驯服它，然后设法逃脱，效果很好。可这次，情况发生了很大变化，他不敢尝试。上次是在白天，格雷夫状态良好，没有发怒，他也亲眼看见它接受人的指挥。现在，即将面对的是一头被囚禁的困兽，正怒火中烧，而且，泰山怀疑它根本没接受过驯化，在这个逼仄的洞穴里，它唯一的任务就是吃人。

此刻，最明智的做法就是想办法避开它，逃跑。绝不能冒险，一旦冒险，可能就见不到刚刚找到的爱人了。尽管又失望，又懊恼，还带着点对现实处境的无措，泰山心里还是涌动着感恩和喜悦——她还活着！经过这几个月的煎熬，他终于找到她了，她还活着！

格雷夫正朝着泰山掉下去的地方冲过来，环境昏暗，它主要靠听觉辨别方向，意识到这一点，泰山悄悄挪到房间的另一头，避开通道，沿墙根往前走。前方有个走廊，格雷夫正从那里冲进房间里来，泰山毫不犹豫，逆着它的方向冲进走廊。走廊里很暗，一般人根本什么也看不见，长期的丛林生活让泰山很容易适应黑暗，可在这里也只能看出几英尺的距离，不过足够辨别方向了。

走廊属于这个庞然大物的居住范围，所以修得很宽大，泰山跑起来没有丝毫障碍。他感觉这个通道是向下走的，尽管比较平缓，但似乎没完没了，不知道会通向什么地下巢穴。他甚至有一种感觉，还不如就待在那个房间里，至少够大、够亮，可以试试驯服格雷夫，或许还有成功的可能。如今，在这条漫长的走廊里，被格雷夫追上，估计只有死路一条。那家伙离他越来越近，愤怒的咆哮声在走廊里回荡，声震人耳。现在，要不要停下来，对着愤怒的庞然大物软软地说一声"威——欧"？还是不要发疯了，泰山意识到格雷夫正在追赶他，加快了脚步。

越往前跑，好像越亮，转过一个弯，泰山发现前面有月光，这下跑起来更有劲了。他终于冲出走廊，来到一片很大的圆形空地上。空地四面都围着白色的高墙，墙面光滑，没有任何可以攀爬落脚的地方。空地左边靠墙有一个水池，看来是格雷夫喝水、

格雷夫神庙 | 123

打滚的地方。

那个大家伙追了过来,泰山退到水池边,站定,现在手头可没有大棒能强化他的权威。格雷夫冲出走廊后,也停了下来,转着它的小眼睛,寻找猎物。泰山感觉机会来了,扬声向格雷夫发出专横的"威——欧",效果很明显,格雷夫怒吼一声,低头向声音发出的方向冲了过去。

左右都没有退路,后面是池水,前面是排山倒海般扑过来的格雷夫,泰山转身,跳进了水里。

希望破灭。几个月来,简·克莱顿历经囚禁和各种困厄,希望之火燃起又熄灭,熄灭又燃起,现在彻底化为灰烬。简是个美人,岁月和磨难没有在她身上留下痕迹,她依然身材娇小,面容精致,光彩照人,但她的美丽也带来了危险——鹿丹想把她占为己有。简和小祭司相处,感觉是安全的,和总祭司鹿丹相处,则觉得危机重重,想来可能是因为鹿丹的祭司头衔是世袭的,不受任何约束。

国王柯坦也想占有她,两个大头目之间相互忌惮,让她多少有了喘息之机。现在鹿丹忍不住了,深夜来到简这里,想把她据为己有。她骄傲地拒绝了他,同时想尽办法拖延时间,但也不知道下一步该怎么办。鹿丹奸笑着,丑陋的脸上写满了贪婪,一步步向简走过去,试图抓住她。简没有退缩,站在那里,下巴微微上抬,平视鹿丹,眼神里满是仇恨与轻蔑。鹿丹读懂了她的眼神,十分恼火,但占有的欲望也更加炽烈。这就是一个女王,一个女神,刚好配他这个总祭司!

"你不能这样!"简拒绝想要上来摸她的鹿丹,"你要敢做什么,我们中间就有一个人得死!"

他已经走到她跟前了,笑声碾压着她的耳膜,他嘲弄道:"爱

格雷夫神庙 | 125

不会杀人！"探手去抓她的手臂，正在此时，就听到有撞击窗户的声音，紧接着窗棂、栅栏掉了一地，一个壮硕的身影也跟着栽了下来，头上还蒙着带下来的窗帘。

简看见总祭司脸上露出惊讶和恐惧的神色，然后看见他快速跑去拉一根从房顶吊下来的皮条，之后就有一堵隔墙落下来，把他们和入侵者隔开。屋里只有一盏灯，在他们这边，也就是说，入侵者那边漆黑一片。

简模模糊糊听到墙那边有人在喊，可喊的什么，却听不清。简看见鹿丹又去拽另外一根皮条，然后站在那里，似乎在等待什么事情发生。时间不长，简就看见那个皮条像有人从上面拽了一下似的，鹿丹看到了，笑起来，扣动了一个机关，隔墙就又升了起来。

在隔墙另一边的地面上，出现了一个大黑洞，鹿丹走过去，趴下来，对着黑洞狂笑，高喊着："回到你父亲那里去吧，真神的儿子！"

鹿丹把陷阱的挂钩挂回原来的位置，以免谁粗心掉下去，然后站了起来。

"现在，美人儿！"话音未落，突然转换口气，"雅丹，你在这里干什么？"

顺着鹿丹的视线，简看到门口站着一个高大威猛的武士，表情坚毅、持重。

"国王柯坦派我来，"雅丹回答，"把这个漂亮的陌生人带到禁园去。"

"国王要违抗我，雅本欧索总祭司吗？"

"我说的是国王的命令。"雅丹沉声回答，语气中没有害怕，也未见尊重。

鹿丹清楚国王为什么派这个信使来。雅丹并不驯服，但他的威望和能力可以保护国王不受祭司欺负。鹿丹鬼鬼祟祟地瞄了一眼从天花板垂下来的皮条。为什么不试试呢？如果能把雅丹骗到屋子的另一边！

"来吧，"他用安抚的语气说道，"让我们探讨一下这个问题。"边说边走，想让雅丹跟过去。

"没什么可谈的。"雅丹这么说着，却跟了过去，害怕鹿丹有什么阴谋。

简注视着这两个人，从武士的脸上可以看到一个战士所具备的最好品质——勇敢和荣誉；再看总祭司的脸，除了虚伪，什么也没有。如果让她选择，她会选择武士，在那里，或许还有生的希望，鹿丹这里，只有死路一条。就算只是又换了一个监狱，也有逃跑的可能，简权衡之后下了决心。她刚才看到了鹿丹偷瞄皮条，明白他想干什么，她转向雅丹："武士，如果你想活命，就不要走到屋子的那一边去。"

鹿丹狠狠瞪了她一眼，叫起来："闭嘴，奴隶！"

"那里有危险吗？"雅丹问简，根本无视鹿丹。

女人指指皮条："看！"说着，不待鹿丹阻止，就拉动了皮条，隔墙瞬间落下来，隔开了鹿丹和他们两个。

雅丹看着她，面露疑问："要不是你，我就被他骗了，他会把我囚禁起来，然后把你藏到神庙里的其他地方。"

"他会做的还不止这些，"她拉动另一个皮条，"隔墙那边的地板上有个陷阱，这个皮条连着陷阱的挂钩。如果你站在陷阱上面，拉动皮条，你就会掉进神庙下面的一个深洞里。鹿丹经常吓唬我，要把我投进那个深洞里，我不知道他说的是不是真的，他说里面关着一头怪兽格雷夫。"

雅丹说道:"神庙里确实有一头格雷夫,祭司天天让我们提供俘虏,就是为了献祭和喂养它。鹿丹看我不顺眼已经很长时间了,正想利用这个机会除掉我。告诉我,女人,为什么会提醒我?难道我们不一样是你的敌人,会囚禁你吗?"

"没有人比鹿丹更可怕,你看起来像一个勇敢的、值得尊敬的武士。我并不抱希望,希望已经死了,我只是想,这些和我不是一个种族的武士,或许会有一个人能礼貌地对待陌生人,就算她是一个女人。"

雅丹看了她很长时间:"柯坦想让你当他的王后。他亲口告诉我的,对一个本可以把你打为奴隶的人来说,这确实是一个礼貌的举动。"

"为什么要我当他的王后呢?"

雅丹似乎害怕有人偷听,走上前来:"他没有直接告诉我,但我感觉他认为你是属于真神一族的。很有可能啊!雅本欧索没有尾巴,所以柯坦觉得神就是这样的。他的王后死了,只留下一个独养女儿。他想要一个儿子,要是他的子嗣是神的后代,那当然最好!"

"但我已经结婚了,"简叫起来,"不能再嫁给别人,我也不想要他和他的王位。"

"柯坦是国王。"雅丹强调,似乎事情可以因此而解决。

"你不会救我的,是吧?"

"如果你在雅鲁尔,或许我还能违抗国王的命令,保护你。"

"雅鲁尔是什么?它在哪里?"简问道,极力想抓住这最后一根稻草。

"那是我统治的地方,我是那里的酋长,那座城市和那片山谷都是我的领地。"

简坚持着:"它在哪里?离这里远吗?"

雅丹笑起来:"不远,但不要再想了,你到不了那里,太多人想得到你了。你要真想知道,也可以告诉你。流入雅本欧索山谷、流经阿鲁尔城的这条河,在上游有两个分支,我的雅鲁尔城就坐落在西边的支流上,三面环河。在雅本欧索真神还是少年的时候,这座城就已经建成了,它坚不可摧,从来没有敌人进去过。"

"我在那里就安全了?"简问。

"有可能。"

哦,已死的希望,稍有盼头,就又蠢蠢欲动!她叹了口气,摇摇头,意识到自己的想法多么不切实际,可是那个念头执拗地闪现着——雅鲁尔城!

雅丹知道她为什么叹气,安慰道:"你很聪明,来吧,我们去禁园旁边公主住的地方,你会和公主欧罗拉在一起。那里比现在囚禁你的地方好得多。"

"可是,柯坦?"想到柯坦,简打了个冷战。

雅丹告诉姑娘:"在你正式成为王后之前会有各种仪式,要持续几天的时间,这些仪式当中有一个会比较难办。"说完笑了起来。

"什么意思?"简有些奇怪。

"只有总祭司才能主持国王的结婚仪式。"

"推迟!"简低语,"神保佑它推迟!"尽管希望已经化为灰烬,但希望不死,它会浴火重生——这是真正的凤凰!

Chapter 15

国王死了

雅丹带着简走下格雷夫神庙的台阶，穿过无数的回廊和房间，来到一个门口，门两边分别站着两个祭司和两个武士。当祭司发现雅丹要带走的是谁时，拦住了他。整个神庙都知道总祭司和国王正在争夺这个漂亮的女人。

"只有得到鹿丹的命令，才能放她通过。"一个祭司边说，边站在简的面前，拦住了她。尽管戴着可怕的面具，透过那中空的眼睛孔洞，还是可以感受到祭司对总祭司的狂热崇拜。雅丹一手护着简，一手按住刀把。

"她是奉国王柯坦的命令通过此地，酋长雅丹是她的向导！快闪开！"

两个站在王宫这一边的武士，向前一步，看着雅丹说道："我们在这里，雅鲁尔的酋长，听从你的指挥。"

另一个祭司插进来说道："让他们过去吧，"并劝说他的同伴，

"鹿丹又没有直接跟我们说不让过，而且法律也规定了，酋长和祭司可以自由通过神庙和王宫，任何人不得阻拦。"

前一个祭司坚持："可我知道鹿丹的意思。"

"他命令你，雅丹不能和这个外来人一起通过了？"

"没有，可是——"

"那就让他们过去，他们三个人，我们只有两个，总归能过去，尽力就行了。"

祭司不情不愿地闪到一边，气愤地嚷嚷："鹿丹会明确这个命令的。"

雅丹转向他："那就等明确了再说！"

他们最终来到欧罗拉公主的住处，门口有哨兵，还有健壮的黑人太监，雅丹把简交给了其中一个太监。"带她去见公主，注意别让她跑了！"这个太监带着他们穿过回廊和屋舍，来到一扇大门前，门上挂着兽皮门帘。雅丹高声通报："欧罗拉，帕乌尔顿的公主，这里有一个外来的女人，是神庙的囚犯。"

简听到一个甜美的声音说："让她进来。"

太监撩起门帘让简进去。屋子挺大，房顶不高，屋子四角有四个跪着的人形雕塑，似要用肩膀扛起屋顶，这些雕塑是仿照瓦兹顿奴隶的样子雕刻而成，有一定的艺术性。房顶呈拱形，上面留有小孔透光、透气。屋子有一面墙上有很多窗户，其他三面墙上，都只是各自有一扇门。

屋子一角有一个石台，上面铺满兽皮，公主就躺在那里，床脚还坐着一个瓦兹顿女奴。

欧罗拉招呼简到床前来，用手支着头，半坐起来，上下打量她。

"你真美！"

简苦笑起来，在她看来，美更像一个诅咒。

"欧罗拉公主,你太恭维我了,你才是光彩照人。"

"啊哈!"公主高兴地叫起来,"你会说我们的语言!我听说你是另外一个种族的,从遥远的地方来,我们帕乌尔顿人从来没有听说过的地方。"

简向公主解释:"那是鹿丹派祭司来教我的,不过,我确实来自一个遥远的国度,我渴望回去,在这里我很不开心。"

"但是,国王柯坦,我的父亲,要娶你做他的王后,这会让你高兴的!"

"不,我爱着另外一个人,我已经和他结婚了。哦,公主,如果你知道什么是爱,知道被人强迫与其他人结婚是什么滋味,你就会同情我的。"

公主听了,沉默了很长时间:"我知道!我替你难过。可是国王的女儿也自身难保,谁还能来救一个女奴呢?你现在的处境就是这样。"

国王的宴会大厅里酒战正酣。为了庆祝自己的女儿明天订婚,柯坦把开宴的时间提前了一些。公主的未婚夫是摩萨尔酋长的儿子布拉特。摩萨尔酋长的曾祖父曾是帕乌尔顿的国王,所以,摩萨尔一直觉得自己才该是国王。现在这一对父子已经喝醉了,事实上,所有的武士,包括国王自己,也都已经喝醉了。柯坦一点儿也不喜欢摩萨尔父子,当然,那对父子也不喜欢国王。国王之所以选择把女儿嫁给布拉特,是想和摩萨尔联合巩固自己的王位。除了雅丹,摩萨尔应该是最有实力的酋长了。柯坦虽然害怕雅丹,却并不担心这个像狮子一样威武的人会夺他的王位,不过,如果摩萨尔和他争夺王位,雅丹会倒向哪一边,国王心里可没谱。

原始人类崇尚武力,即使在清醒的时候,也很少会使用计谋和外交辞令,要是喝醉了,更是一言不合就开打,布拉特现在就是这个样子。

"这、这杯我敬欧罗拉,"他举起杯子一饮而尽,"这、这杯敬她和我的儿子,他将把王位带回给它真正的主人。"

"国王还没死呢!"柯坦站了起来,嚷嚷道,"布拉特也还没有娶他的女儿,还有机会不让帕乌尔顿落入兔子一族的手里。"

国王愤怒的口吻、挑衅的暗示,让喧闹作乐的大厅一下子安静下来。布拉特的胆小懦弱众所周知,现在所有的目光都集中到摩萨尔父子身上,他们两个就坐在国王对面。已经喝醉的布拉特,好像突然清醒了,事实上,依然醉得厉害,而且酒精夺走了他最后的理智,有那么一瞬间他似乎忘记了自己的胆小怕事,开始不计后果起来。这也可以理解,一只愤怒的兔子也会做出疯狂的举动来,何况喝醉的布拉特!他突然站了起来,拔出左边武士的刀,狠命扎向柯坦。帕乌尔顿的武士都擅长用刀和大棒,现在距离这么近,又毫无预警,没有丝毫防备的柯坦,只能承受一种结果——没入心脏的一刀。

刺杀发生之后,一片沉默。布拉特脸色惨白,慢慢向门那边后退,企图逃跑。清醒过来的武士们愤怒地冲上前来,堵住他的退路,要为国王报仇。此时的摩萨尔选择站在儿子这边。

他叫起来:"柯坦死了!摩萨尔就是国王了!忠诚的武士们,过来保护你们的领袖!"

摩萨尔的号召力很强,很快在他和布拉特周围就聚集了很多武士。不过,还有很多武士并不买账,雅丹带着这些武士冲上前来。

"把他们两个抓起来!"他高喊着,"我们先要让刺客为他的背叛付出代价,然后再选出我们自己的国王。"

原来忠于柯坦的武士,看见他们尊敬、爱戴的雅丹站了出来,纷纷选择听从他的指挥,向支持摩萨尔的武士冲了过去。残忍、血腥的战斗开始，双方都打红了眼，却没有注意到，摩萨尔父子悄悄溜出了大厅。

他们跑回了自己的住处，那里有留守的仆人和少量武士。父子俩召集大家赶快收拾行李离开。行李不多，很快收拾完毕，一行人向王宫大门出发。

摩萨尔突然叫住儿子。"公主，"他低声说，"我们得带着她和我们一起走，有了她就有了半个王位。"

布拉特此时已经完全清醒过来，并不愿意听从父亲的安排，他已经受够了打斗和冒险。"我们还是赶紧出城吧！"他催促着，"要不全城的人都要来抓我们了。要带她走的话，她肯定会反抗，那会拖累我们的。"

"还有很多时间呢，"摩萨尔坚持着，"他们都在大厅打斗，要过很久才会想起我们来，柯坦已经死了，还有谁会记得公主的安全，现在正是时候，这是天赐的好机会，快来！"

摩萨尔吩咐武士们先在王宫门口等候，就带着不情不愿的布拉特赶向公主的住处。公主住处门口只有几个武士把守，太监们已经退下了。

摩萨尔假装一脸惊慌地来到门口："宴会大厅打起来了，国王让你们立刻赶去增援，公主这里由我们保卫，快点！"他督促武士们赶紧行动。

武士们都认识摩萨尔和马上就要与公主成亲的布拉特，想着如果那边出现问题，派摩萨尔父子来保护公主是情理之中的事。而且，摩萨尔是一个强大部落的酋长，不听他的命令，不是自找麻烦吗？尽管都是战斗部落出来的武士，听从上级指挥还是学会了的，他们听话地向宴会大厅赶去。

摩萨尔等他们一走，就迫不及待撩起帘子走向欧罗拉住的地方。父子二人也不打声招呼,就闯进了三个女人的屋子,看见他们,欧罗拉跳了起来。

"这是要干什么?"公主愤怒地质问。

摩萨尔趋向前去,站在公主面前,狡猾的脑瓜里已经想好了怎么骗她,要是计谋得逞,就不用强迫她走了。正在转脑筋的摩萨尔,突然看见了简·克莱顿,惊为天人。他克制住自己的欲望,回到正题。

"欧罗拉,"他哭喊着,"你要是知道事情有多么紧急,就会原谅我们的。告诉你一个悲伤的消息,王宫出现暴乱,柯坦国王被杀。造反的人喝醉了,现在正往这边赶。我们必须马上带着你离开阿鲁尔城,没有时间耽搁了,快跟我们走!"

"我父亲死了?"欧罗拉叫起来,突然把眼睁得老大,"那我就得和我的人民在一起!如果柯坦死了,依据帕乌尔顿的法律,在武士们还没有选出新的国王之前,我就是女王。如果我是女王的话,就没人能命令我嫁给一个我不愿意嫁的人。真神知道,我从来都不愿意嫁给你胆小的儿子,你们走!"她纤细的手指霸气地指向门口。

摩萨尔看出来,不管是计谋还是劝说都不管用。时间紧迫,他又看了一眼站在欧罗拉旁边的那个美丽女人,从没有见过她,但很清楚,她就是那个像神一样的外来人,是柯坦打算娶的女人。

"布拉特,"他向儿子喊道,"带走你的女人,我要带走我的女人!"说完,突然冲上前来,把简拦腰抱起来就跑。还没等欧罗拉和潘娜特丽明白怎么回事,摩萨尔已经带着不断挣扎的简,消失在门帘后了。

这边布拉特也试图去抓欧罗拉。不过,欧罗拉有潘娜特丽!潘娜特丽这个名字是母鹿的意思,可是,她却是一个像狮子一样

135

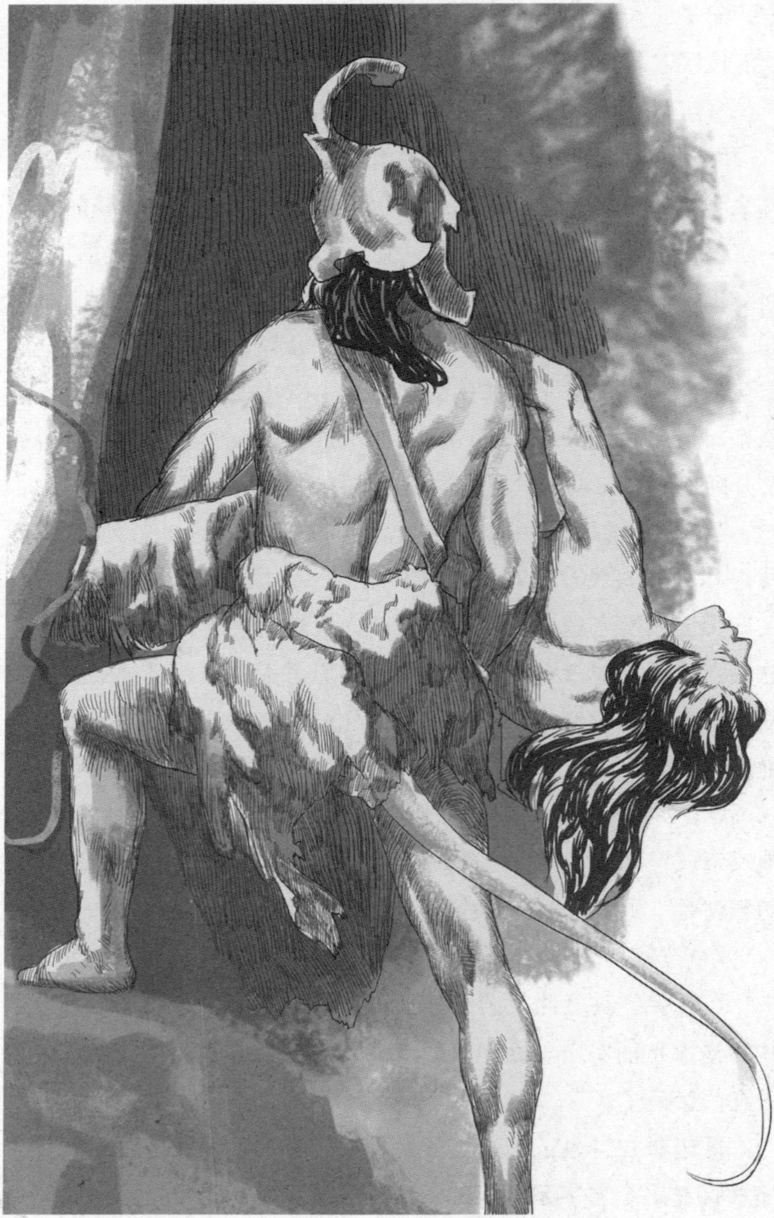

勇敢的女孩。布拉特发现他在以一敌二！他本想抱走欧罗拉，可是潘娜特丽抱着他的腿，要使劲把他扳倒，他狠命地踢她，她也不松手。布拉特意识到，如果不先结果了这头又抓又挠的小母狮，不仅得不到公主，自己还有可能被逮住。他先把公主放到一边，抓住潘娜特丽的头发，拔出了刀！

　　正在这时，身后的帘子被撩了起来，有一个灵活的身影三步并作两步冲了进来，一把握住他的手腕，然后对准他的后脑勺狠狠敲了下去。布拉特一下子就倒在地上，死了，这个胆小鬼、叛国者、刺客，到死都不知道是谁杀了他。

　　阿鲁尔城神庙的格雷夫洞穴里，泰山纵身跳入水池。一般人可能会觉得，悲剧即将上演，他的举动就是为了躲一时是一时。但并不是，那双冷静的灰色眼睛已经发现了生的可能：在水池的另一边，水面上有月光在闪烁，一小片透过悬崖上的洞穴透进来的月光。泰山快速向前游动，深知水阻挡不了格雷夫的追赶。果不其然，泰山听到那个庞然大物也跳入水池，在快速向前游动。他已经接近那片亮光，不知道那个洞口够不够让他钻出去？水面上方那部分，显然不够大，现在他所有的希望，都寄托在水面下方的洞穴能有多大。没有第二个选择，泰山憋住一口气，往前猛划了几下，一个猛子扎下去，向水面下方那个洞穴游去。

　　鹿丹怒火中烧，没想到这个外来人居然会以己之矛，攻己之盾。她的小计谋，只能困住他一时，他当然知道如何逃脱，可是，时间还是耽搁了，雅丹可能已经把她带走，送给柯坦了。想到这里，总祭司咬牙发誓，一定要把她夺回来。他恨柯坦，私底下，他拥护摩萨尔，对他来说，摩萨尔是一个有用的棋子，或许可以利用这个时机,挑起柯坦和摩萨尔的争斗,让柯坦下台,扶持摩萨尔上台。等摩萨尔上了台,真正的统治者就是他鹿丹了。鹿丹舔着嘴唇,寻找泰山刚才跳进来的窗户,那可是他唯一的出路了。他小心翼翼地摸索前行,发现那个陷阱居然打开了,一缕狞笑浮现在唇边,鹿丹讷讷低语:"这个女魔头,她会付出代价的,她会付出代价的!雅本欧索真神啊!她要为如此对待鹿丹付出代价!"他从窗口爬出来,跳到地上。是立刻去追雅丹和那个女人,和凶残的酋长面对面,还是等他设计好背叛和阴谋?当然选择后者。

回到住处,鹿丹立刻找来几个最信任的祭司,这些祭司知道他的宏伟计划——让教权凌驾在王权之上,而且他们都恨柯坦。

"时机已经来临,"他告诉他们,"教权必须置于王权之上。柯坦居然敢违抗总祭司,他必须让位给摩萨尔。去,潘萨特,偷偷把摩萨尔叫到神庙来,你们几个去城里,找一些忠诚的武士,让他们等待时机。"

他们花了一个小时讨论推翻柯坦政权的细节。有人认识一个奴隶,后者答应如果放他走,就会在神庙敲响钟声的时候,把刀刺入柯坦的胸膛。还有人掌握了一个王宫官员的隐私,可以就此要挟后者,把鹿丹的武士放进王宫。再加上摩萨尔作为傀儡,这个计划似乎一定成功。讨论完之后,他们开始分头行动。

潘萨特一进王宫,发现情况已经发生变化,所以几分钟后,鹿丹看到他又气喘吁吁地跑回来了。

"怎么了,潘萨特,有鬼追你吗?"

"哦,主人,我们在这里谋划的时候,机会来了,又走了。柯坦已经死了,摩萨尔逃跑了。摩萨尔的支持者正和王宫的武士打作一团,但他们这边群龙无首;王宫那里,雅丹在指挥着。奴隶们都吓坏了,忙着逃跑,我套不出什么话来,只知道,布拉特刺死了国王，摩萨尔父子已经从王宫跑了。"

"雅丹，"总祭司嘀咕着，"如果我们不赶紧行动，那群傻子会选他当国王的。潘萨特，快进城去，四处去嚷嚷，雅丹杀了国王，还要夺取欧罗拉的王位。告诉城里的人，雅丹威胁要杀死祭司，还要把祭坛扔进雅本欧索山谷里去。把城里的武士搅和起来，让他们去攻击雅丹。从只有祭司知道的秘密通道，把武士带到宴会大厅，这样他们就不会提前知道真相了！去，潘萨特，立刻行动，一刻也不要耽搁！"

"等一下，"鹿丹叫住正转身准备走的小祭司，"打听一下那个外来的白种女人的消息，就是雅丹从我们地牢里偷偷带走的那个女人！"

潘萨特答道："守卫的祭司告诉我，雅丹强迫他们放行，已经带着那个女人回王宫了，但具体藏在哪里，我不知道。"

"柯坦肯定让人把她送到禁园去了，一定能在那里找到她！现在，潘萨特，赶紧去办你的正事去！"

鹿丹房间外面的走廊里，一个头戴面具的祭司正在窗外偷听，当他听到潘萨特要走了，赶紧躲到一边的阴影里，等潘萨特出来之后，这个祭司偷偷跟在他的后面，向暗道走去。这个地下暗道，从神庙直接通到城外。

Chapter 16

暗　道

　　泰山成功地穿过水面下方的孔洞，逃出格雷夫水池，进入洞外的湖里，而格雷夫则在洞内愤怒地咆哮。终于逃出鹿丹的魔爪，让泰山一脸轻松，可一想到妻子的危险处境，泰山的心又沉了下去。他现在只想尽快回到囚禁简的神庙，但也知道这可不是件容易的事。

　　月光下，可以看到，湖岸边悬崖高耸，绵延不断，似一道天然屏障隔绝了进入王宫和神庙的道路。游到近前，泰山仔细观察悬崖的立面，试图发现一些可以落脚的突起。悬崖的立面十分光滑，并没有可以落脚的地方，虽然可以看到一些孔洞，但离水面太高了，根本够不着。突然，泰山发现，前方悬崖和湖面平齐的位置，有一个洞口，他悄无声息地划过去，一番观察之后，攀上洞口，抖落身上的水滴，深棕色的皮肤在月光下发亮。

　　洞口连接着一条黑黑的通道，月光只能照进去很短的距离，泰山小心谨慎地往里移动，很快进入洞穴的内部。在转了一个陡弯之后，有几级台阶，上了台阶，又是一段和悬崖平行的通道，现在，通道里隔不远的距离就会有个小壁龛，里面放着灯。泰山发现通道两边有许多房间，里面还有人声，应该是有祭司在里面。

要想安全通过祭司们居住的地方而不被发现，难度太大，看来还得伪装。泰山打定主意，偷偷挪到离他最近的房间门口，趴在那里，鼻翼翕动，像一头伺机捕获猎物的狮子。等了一会儿之后，他把头探进门帘里，然后是肩膀、身体，最后整个人消失在门帘后面。随后，里面传来短暂的"咔咔"声，之后又归于平静，又过了一会儿，门帘挑起，一个头戴面具的祭司迈步进入通道。

这个祭司大摇大摆走在通道里，本想拐进另一条岔路，忽然被左边屋子里发出的声音吸引过去。他悄悄来到屋外，紧贴墙壁，偷听里面的谈话。发现谈话结束之后，赶忙躲进阴影里，看着门帘挑动，走出来一个小祭司。小祭司向主通道走去，偷听的祭司等小祭司走了一段距离之后，悄悄跟了过去。

沿着这条和悬崖平行的通道走了一会儿，潘萨特从壁龛里拿了一盏灯，拐进左手边的屋子里。尾随的祭司片刻之后也跟了进去，发现屋内地面上有一个洞口，里面有光透出来，从洞口可以看见向下的台阶。

尾随的人暗自庆幸没有被发现，继续跟踪。通道变得又低又窄，隔不多远，就会有几级向下的台阶，台阶都不多，最多六阶，少的也就一两阶，但累计下来，应该已经下到了离主通道五十到七十英尺以下的位置。最终下到了一个小房间，在房屋的一角有一小堆碎石头。潘萨特把灯放到地上，把石头推到一边，在原来堆石头的位置后面，出现了一个洞口，穿过洞穴，又有一堆石头，接着推开，又出现了一个洞口。待把洞口扒开到能通过一个人那

暗道 | 141

么大的样子,潘萨特就爬了进去,从尾随者的眼前消失了。

待尾随潘萨特的人也从洞里爬出来,发现自己站在一个小的壁架上。这个壁架位于悬崖的中央,向上延伸,直通到悬崖上面一个建筑的后院。等他一路赶到后院,刚好看到潘萨特走出院子,拐弯进了城。

尽管跟着潘萨特走这条秘密通道,浪费了一些宝贵的时间,但还是值得的。刚才在门外偷听到鹿丹和潘萨特的诡计,泰山准备将计就计,而这需要盟友,否则面对城里居民的怀疑和野蛮的敌人,要想救出自己的爱人无疑困难重重。现在他已经知道如何利用这条秘密通道了,下一步先要去禁园找到爱人才是关键。

乔装成祭司模样的泰山进城,没有遇到任何阻拦,路上遇到武士,还小心翼翼把手藏在后面,刻意离他们的火把远一些,以免有人关注他与众不同的手脚。事实上,他的担心有些多余,武士们已经习惯祭司的存在,一路走来,没有人注意到还有一个伪装的祭司。

夜已深,一个祭司也没什么好的借口进入禁园,为避免引起不必要的怀疑,泰山还是选择翻墙入内。花园里空无一人!刚才明明听到鹿丹说,简被关在这里,时间这么短,也不会转移到其他地方去啊!

泰山知道,只有国王下令,才会把简囚禁在禁园,毕竟这个花园是公主专用的,如此说来,如果没有在禁园的话,肯定还应该在公主的领地内,也就是在这附近。想到这里,泰山又攀上墙头,四下打量之后,向离禁园最近的一处建筑走去。

他很意外地发现,这个地方居然无人值守,再往里走,似乎听到激动而愤怒的说话声。循着声音,穿过走廊,来到一扇挂帘子的门前,屋内有激烈的争吵。泰山撩起门帘一角往里望,有两个姑娘正在和一个霍顿武士搏斗：一个是柯坦的女儿欧罗拉公主，另一个是狮子谷的潘娜特丽。那个武士刚把公主撂到一边，抓住潘娜特丽的头发，举刀要往下砍，泰山赶忙扔掉面具，飞身扑过去，给他后脑勺重重一击。

布拉特倒地而亡，两个姑娘也认出了泰山。潘娜特丽跪倒在地，就要给他磕头，泰山连忙阻止，让她站起来。他现在可没时间听这两个姑娘道谢，也没时间回答她们的问题，他高声问道："告诉我，雅丹从神庙带过来的那个女人，那个和我同族的女人在哪里？"

"她刚离开。"欧罗拉哭诉道，"摩萨尔，就是这个人的父亲，"她嫌恶地指指地上的布拉特，"抓住她，把她带走了！"

"往哪个方向走了？快点告诉我，他把她带到哪里去了？"

潘娜特丽指着摩萨尔逃走的方向："往那条路走了，他们本来要把公主和那个外来女人一起带到吐鲁尔城的，那里是摩萨尔的领地，就在黑湖旁边。"

"我要去找她，她是我的妻子。如果能活着回来，我会来解救你，把你带回到欧玛特身边。"

姑娘还没来得及回答，泰山已经夺门而出。霍顿城里的通道绕来绕去，泰山一路飞奔，终于来到一个小广场，那里聚集着很多武士，都是祭司召集来，准备去宴会厅参加战斗的。

泰山走得匆忙，忘了戴上面具，武士们一看见他，都高叫起来："亵渎神灵的人！"当然在这种高声叫喊中，也夹杂有不少"真神的儿子"之类的叫嚷。看来还是有不少人坚信泰山就是真神的儿子。面对群情激愤的武士，要想顺顺当当通过广场似乎有些不可能了，当然也可以退回通道逃跑，但那样的话，会耽误时间，现在最重要的事，是找到摩萨尔和妻子。

泰山举起大手，扬声喊道："不要动！我是真神的儿子！柯坦已经死了，雅丹是我父亲选出来的新国王。雅丹让我告诉你们，总祭司鹿丹企图背叛王室，杀死忠心的武士，立摩萨尔为王，而摩萨尔不过是鹿丹的一个棋子和工具。现在，鹿丹正在调集人手，从秘密通道进入宫殿，打压雅丹和那些忠心的武士。如果你们要阻止这些叛国者，就赶紧行动起来。"

武士们犹豫不决，最后有人站出来大声说道："怎么才能相信你不是在骗我们呢？万一你是故意把我们调离宴会厅，好让雅丹战败呢？"

"我以生命担保！如果我说了假话，你们这么多人，怎么惩罚我都行！不过，快点行动吧，没时间了！祭司们已经在城里召集队伍了！"泰山不再多说，大踏步向大门反方向走去，从那里可以通过秘密通道，进入王宫。泰山与生俱来的领袖气质，震住了这帮武士，他们不由自主跟着他走了。只见泰山阔步走在前面，屁股后面还吊着一条假尾巴，这要是换作别人，肯定会让人觉得不可思议。

泰山带着武士们出城，进入那栋建筑的后院，穿过绕来绕去的秘密通道，来到神庙，刚好看到大批武士从四面八方集结在一起。

紧跟着泰山的武士首领对泰山说："外来人，你说的是真话，正如你所说，这些武士中间混有很多祭司。"

"现在，我的任务完成，要去找摩萨尔了，他做了对不起我的事。告诉雅丹，真神的儿子支持他，同时别忘了告诉他，是真神的儿子阻止了鹿丹围攻王宫的计划。"

"我不会忘的，你走吧！镇压叛国者有我们就够了！"

"告诉我，到吐鲁尔城怎么走？"

"它就在阿鲁尔城下方第二个湖泊的南岸，那个湖叫黑湖。"

他们现在离叛国者的队伍已经很近了，后者以为是又来集结的队伍,所以没有丝毫防范。这边的首领突然扬声发出战斗的喊叫声,众武士听到命令,纷纷回应,冲向吃惊的叛军。

泰山看到自己临时想出来的主意奏效了,很高兴,转身走进另一条街道,准备出城,出发去吐鲁尔城。

Chapter 17

金湖边

摩萨尔扛着简·克莱顿出了王宫。一路上简不停地反抗,摩萨尔本想让她自己走,可她一步也不肯向前,每次把她放到地上,都赖在地上不动,不得不一直扛着她,最后为了不让她挣扎,还把她的手捆起来,嘴也堵上了。这个女人看似柔弱,力气和勇气可都大得很呢!终于和自己的队伍会合,摩萨尔赶紧把简丢给了自己的武士,不过为了尽快离开这里,他还是要求武士们扛着简走。

摩萨尔和武士们带着简,一路下山,来到金湖边的草地上。湖边停泊着很多独木舟,是把树干掏空制成的,船头、船尾都雕刻着奇形怪状的野兽和禽鸟,还绘有生动的颜色,体现了原始艺术的美感,直到今天,这种艺术也有它的拥趸。

武士们按摩萨尔的指示把简扔到一艘独木舟的船尾,各就各位,准备划船。摩萨尔蹭到简身边,说道:"来,美人儿,让我们做朋友吧!没人敢伤害你的!如果你听话,你会发现摩萨尔是一个好主子的。"为了示好,摩萨尔给简松了绑,也不再堵嘴,他知道,就算这样,周围都是武士,还在独木舟上,跟囚禁她也没什么区别。

河水蜿蜒,流经雅本欧索山谷之后,又流入南边的沼泽。船队在河水中穿行,武士们单腿着地,面对船头,挥动船桨。最后一艘独木舟上,摩萨尔讨好女俘失败,背对着女俘,蜷伏在船底,头枕着船舷,进入梦乡。

小河两岸,植被丰茂,有些树冠已经横亘于河水之上,船队在河水中穿行,一会儿袒露于月光之下,一会儿又被浓荫遮蔽,最后来到一个开阔的大湖里,月光映衬之下,黝黑的湖岸似乎遥不可及。

简坐在最后这艘独木舟里,时刻保持警惕。这几个月来,她一直处于监视之下,先是成为一个食人部落的俘虏,现在又落入另一个部落手里。自从她的家园被毁,她被掳为人质,简已经很久没能自由地呼吸了。经过这么多艰难困苦,她居然能够幸存下来,这只能归功于上天的仁慈了。

起初,德军最高指挥部觉得她有可利用的价值,把她视为人质,那几个月,她的日子过得还可以。后来德军在东非战事吃紧,决定把她押往内地,那时她已经没什么可以利用的军事价值,他们对待她就有了报复的成分。

她的丈夫把德军整得很惨。他利用各种巧计,持续不断地骚扰、捣乱,有好几个军官在他手里丧命,严重打击了德军士气。他还设计了一条战壕,让英军成功杀了一个回马枪。不管从哪个方面来说,他都比他们高明,他以诡计还诡计,以残忍还残忍,最后,德军一听到她丈夫泰山的名字,都是又恨又怕。德军使用阴谋毁了他的家园,杀了他的侍从,劫持他的妻子,还制造了一个他妻子已死的假象,所有这一切,其实他们早就已经后悔了,因为他

金湖边 | 147

们为此付出了更惨痛的代价。现在，既然无法直接去报复泰山，他们居然要把报复施加到简身上。

德军选用施耐德连队的二号人物奥本格兹中尉来押解简回内地，他也是泰山要报复的军官之一。有很长一段时间，奥本格兹中尉和简都待在一个当地的村子里，那个村子长期受德军欺压，很怕德国人。由于生活十分艰苦，又整天无所事事，中尉的脾气越来越暴躁，先是因为一点小事就对着村民大发雷霆，后来更是残酷欺压他们。村民们面对残暴的普鲁士人敢怒不敢言。

简作为旁观者看得一清二楚，中尉手底下的土著士兵很同情村民，大家对他的残暴也快忍无可忍。现在，只要有个风吹草动，村民们马上就会实施报复，而造成这种局面的中尉，还顽固地相信自己的权威。

时机终于来临。一天下午，一个筋疲力尽的德军逃兵出现在村子里，村民们立刻意识到，德军在非洲战场已经战败。中尉的土著士兵也开始明白，中尉的统治权不复存在，估计也很难再支付他们薪水，至少他们是这样认为的。于是，中尉在他们眼里，就变成了一个无权无势、可恨的外来户。他们准备展开报复，中尉还毫不知情。幸好有个土著妇女特别喜欢简，在她看来，简的命运和中尉的命运是连在一起的，就偷偷跑来告诉简村民的报复计划。

她告诉简："他们正在讨论谁该占有你。"

"他们什么时候行动？你听到他们说了吗？"

"就在今晚。就算中尉手下已经没有可以差遣的人，他们还是怕这个白人，决定趁夜里他睡着的时候，杀死他。"

简向这个妇女表示感谢，让她赶紧回去，以免引起别的村民的怀疑。

送走土著妇女，简立刻去找奥本格兹中尉。她以前从来没有来过中尉的小屋，所以中尉看见他的来访者是谁时，很是惊讶。

简把所知道的一切告诉了中尉，中尉本要大发雷霆，被简及时打住了。

她告诉中尉："发火毫无意义，你已经在村民心中激起仇恨，不管得到的消息是真是假，他们都会选择相信。现在除了逃跑，已经别无选择。如果今天晚上不能偷偷逃出去，明天早上我们两个都得死。你要是愚蠢到现在去彰显你的权威，只会死得更快。"

"你觉得情况已经这么糟糕了吗？"他问简，语气和态度大为缓和。

"确实如此！他们会在今晚，趁你睡着了，把你杀掉！给我找一支手枪、一支步枪和一些弹药，我们假装去打猎，就像你平常做的那样。我和你一起去打猎，他们可能会觉得奇怪，但也只能碰碰运气了。亲爱的中尉先生，切记，一定要像往常一样大声呵斥你的仆人，辱骂他们，不要让他们感觉有什么异样，不要让他们怀疑你知道了他们的计划。如果一切顺利，我们能进到丛林里，就不用回去了。

"不过，你首先要发誓不伤害我，要不我就去村长那里告发你，然后自己饮弹自尽。如果你不发誓，与其和你一起待在丛林里，还不如祈求那些暴民手下留情。"

"我发誓，"中尉郑重地说，"以上帝和恺撒之名，格雷斯托克夫人，我不会伤害你！"

"很好！让我们遵守协约，彼此扶持，回到文明社会。让我们相信你对我的尊重是真诚的！请记住，中尉，我们现在同病相怜！"

如果说奥本格兹中尉最初还有些怀疑的话，听到简那严厉而轻蔑的口吻，也相信了她的话。他不再迟疑，给简拿来枪和弹药，

金湖边 | 149

又以惯常的傲慢态度喊来仆人,告诉他们他要去打猎。他叫助猎先向北走到小山那里,再向东走,最后折回村子;帮忙拿枪的先向东走在他和简的前面,在半英里以外的浅滩那里等他们。两个黑人二话不说就同意了,简和中尉看到,他们两个边笑边窃窃私语着走出村子。

奥本格兹大为光火:"这些猪猡肯定认为,这是个大笑话。我在死之前,还要去打猎给他们准备肉吃。"

等到拿枪的仆人走进丛林,这两个白人也沿着同样的路线往丛林走去。一路上,没有人阻拦,不管是中尉的土著士兵还是村长的家丁都以为,这两个白人去为他们打猎了,他们不仅能杀了中尉,还会有肉吃。

走出村子大约五百码的距离后,两个人开始向南走,希望在夜幕降临前,离村子越远越好。他们知道,夜晚是狮子出动寻找猎物的时候,村民们害怕狮子,根本不敢在晚上出村,所以到了晚上,他们就相对安全了。

接下来的几天,他们一路向南,遭遇了数不清的危险和磨难。本来他们离东海岸近些,但这个地区已经被英军控制,中尉拒绝去那里,他可不想自投罗网。他坚持穿越无人区往南非走,觉得那里的布尔人可能会同情他的遭遇,送他安全回到德国。

他逼着简和他一起走。他们穿越了荆棘遍地的干草原,来到沼泽边缘。一般情况下,沼泽对他们来说是不可逾越的障碍,可他们很幸运,到那里的时候,雨季还没有来,沼泽里的水位处于最低点,沼泽的表面因为缺水形成了一个硬壳,只有不多的地方有些水塘,而且由于干旱,迫使当地土著一路向南逐水而居,导致一些水塘也干涸了,所以这两个人不费什么力气就穿越了沼泽。

山间溪流流入雅本欧索山谷,最终汇入一条主河,河的上游是格雷特湖，湖的北岸坐落着阿鲁尔城。两人一路翻山越岭，最终来到雅本欧索山谷，可却遇到了霍顿族出城打猎的人，奥本格兹逃跑了，简却被俘虏，带到了阿鲁尔城。简自那以后就没有见过奥本格兹，也不知道他到底是死了，还是成功逃脱，去了南非。

总祭司和国王都垂涎简的美貌，各使诡计来争夺她，所以她一会儿被囚禁在神庙，一会儿又被囚禁在王宫，后来又落入冷酷且无耻的摩萨尔手里。此时，她坐在最后一艘独木舟的船尾，敌人都背对着她，摩萨尔在她脚边已经熟睡，鼾声震耳。

南边黑乎乎的河岸若隐若现，简·克莱顿悄悄从船尾滑入水中。除了努力把鼻子露出水面，简在水里几乎一动不动，直等到独木舟消失在远方，才开始向南岸游动。这几个月身处野蛮的国度，孤独无助，这是头一次简又有了放松和狂喜的感觉——她自由了！就算下一秒要面对死亡，至少又体验了自由的感觉。从水里出来，站在坚实的河岸上，她感觉热血沸腾，几乎忍不住要放声大喊了。

在她前方，森林影影绰绰，各种不知名的鸣叫此起彼伏，这就是深夜的丛林：风中，树叶"沙沙"作响，树枝交相摩擦，小动物在地上疾走，猫头鹰在树梢鸣叫，大猫在远处嘶吼，野狗在四处狂吠，这些声音被黑暗放大，更显鬼魅。但这就是丛林，这就是生命的原始状态，这种自由的生活，她也正参与其间。自从泰山走进简的生活，这是她第一次真切地体味到丛林对泰山的意义：尽管有万千危险，但却充满诱惑，让人狂喜。

唉，要是强大的泰山在她身边该有多好！会喜极而泣吧！她所想要的也不过如此！城市的喧嚣，舒适、奢华的文明生活，对她的吸引实在有限，她更乐意享受丛林的自由。

黑暗之中，右边传来狮子的"呜呜"声，她感觉后背直冒凉气，头发都要竖起来了，其实她并不害怕，身体的反应只是一种原始

金湖边 | 151

152

本能，如此而已。简悄悄走进树林，狮子又开始"呜呜"，这次似乎更近了。眼前有一根垂下来的长树枝，利用它，可以荡到大树上，作为庇护所。长时间和中尉在丛林里涉险，攀树枝爬树，对简已经不是什么难事了。作为庇护所的大树枝，离地面有三十英尺高，她蜷缩在那里，准备睡觉。尽管又冷又不舒服，还是一下就睡着了，毕竟这里是安全的，又有了新的希望。

简一觉睡到天光大亮，休息得不错，身心都是温暖的，感觉闲适而幸福。在树杈上站起来，伸个懒腰，太阳透过树枝照在她身上，留下斑驳的光影，加上慵懒的姿势、柔美的身躯，让她看起来像一头豹子。简仔细观察地面，用心倾听是否有危险存在，一番考察之后，她放下心来，下到地面。她想洗个澡，可是在湖里洗，太显眼了，而且还有些远，等她熟悉了环境再说吧。简在森林里漫无目的地游荡，发现这里食物丰盛，她刚获得自由，还不想费心规划未来，反正也没什么事儿，吃饱了就歇着。寻找丈夫快成了要被遗忘的梦，如果能安静地生活在这里，等待他来就好了。希望之火又开始燃烧，她知道，如果他活着，一定会来找她的。最近，她觉得他即使来了，也太晚了，可也知道，他一定会来的！如果他活着，就会来；如果他死了，不管住哪里，对她都毫无意义了，只是等着死神降临而已。

简一路闲逛，发现了一条明净的小溪，溪边有一棵大树横斜在小溪上，如果有威胁，可以直接爬到树上去。这个地方又美丽又安静，她一下子就喜欢上了这里。简在小溪边喝了些水，又到小溪里洗了个澡。小溪的底部有很多漂亮的鹅卵石，还有像玻璃一样的黑曜石。她捡了一些石头来看，却发现手指被划了一道，流血了。仔细检查原因，发现有一些火山岩碎石，有尖利的棱角。这下可好了，老天帮忙，有了这些尖利的棱角，就可以制造武器和工具了。

她捡了很多这样的碎石,装了满满一袋子,把它们带回到树上,细细观察。这些石头有些可做刀片,有些可做矛的尖头,有些小一点的可以用来做箭镞。

她发现自己栖身的这棵树的树干上有个中空的洞,就把捡来的宝贝都放到那里,只留了一个刀片状的细条。她准备先做矛,这个最简单。简从树上下到地面,找了一棵笔直的小树,又砍又锯,想办法把小树完整地砍下来,而不弄劈树干。这棵小树的粗细刚好,和她家乡的瓦兹瑞勇士的猎矛一般粗细。她回忆起,他们教她如何使用猎矛,一旦她有进步,就高兴得又是鼓掌又是哈哈大笑。

她知道有些草能抽出又长又结实的纤维,找了一些来,和小树干一起带回到树上。她坐到栖身的树杈上,哼着小调,开始动手做矛。简边干边笑,几个月的苦难生活之后,终于又可以歌唱,可以微笑。

她叹息着:"我感觉,我有种感觉,约翰就在附近,哦,我的约翰,我的泰山!"

她把树干削短到一根矛的长度,褪掉小枝和树皮,又把树干上的小突起都削掉、刮平,一根又光又直的矛杆成型。接着把杆的一头劈开,塞进去一个矛尖,调试服帖。把这些做完,她把矛杆放到一边,拿起那些草,劈开草茎,又揉又搓,直到露出纤维,接着又到河里去把纤维清洗干净,拿回来。刚才已经在矛头的部分刻了槽,现在沿槽把矛头绑紧,一根矛就做好了,虽然有些粗糙,能在这么短的时间内做好也很不错了。她答应自己,以后再多做些矛,做些好矛,做些能让瓦兹瑞人也引以为傲的矛。

Chapter 18
吐鲁尔的狮子洞

泰山在城郊找了整整一夜,也没有发现妻子的足迹。山风徐来,里面夹杂着各种味道,但没有简的痕迹。根据推理,她肯定被带到别的地方去了,泰山看到有很多条路通往湖边,把它们一条条排除,最后决定沿通往金湖的小路追踪,这条路就是摩萨尔他们逃走的路。

湖边有很多独木舟,泰山选了一艘,开始往吐鲁尔城进发。他一路奋力划桨,穿过金湖,根本没有意识到金湖岸边,他的妻子简正在那里休息。如果湖面的微风是从南边吹过来的,泰山就能闻到简的味道,夫妻及早重逢,但命运就是这样无情,泰山径直划过了简栖身的大树,向湖尽头划去。

蜿蜒的河水一路向北,然后又折回来流入金湖,在这中间有一条陆路,可以直接从河这边插过去到河那边,省很多水路,泰山没有发现这条近路,一直沿河向前划。

摩萨尔他们准备下船的时候，发现简不见了。摩萨尔刚上船不久就呼呼大睡，武士们背对着他们也不知道情况，所以谁也不知道她是在哪里逃跑的。摩萨尔非常恼火，责任却又在自己身上，无处撒气，就一直想方设法迁怒旁人。

他本想回去找简，可是又害怕雅丹或总祭司的队伍追上来，那两个家伙都对他心怀不满。他也不愿意分一部分武士回去寻找，那会让保护他的力量变弱，还是让所有武士保护着他赶紧回到吐鲁尔城为上。

太阳光照上吐鲁尔王宫的穹顶时，摩萨尔他们也安全地返回了吐鲁尔城。到了自己地盘，摩萨尔的勇气都回来了，他马上派了三艘船回去找简，顺便看看布拉特为什么没有跟着回来。当时逃跑的时候，他可没有想着等等儿子，自己的命最要紧。

武士们原路返回，到达近路口时，发现有两个祭司扛着一艘轻舟，准备往吐鲁尔城去。起初，他们认为这两个祭司是鹿丹大队人马的先遣军，不过，想想祭司大多胆小，不是迫不得已绝不动手，又推翻了自己的猜测。私底下，武士们对阉割了的祭司颇为轻视，所以并不急着防范，而是等在那里，准备问一问情况。

祭司们看见武士，赶紧表示友好，当被问到是不是单独行动的时候，连忙称是。

武士里面的小头目让祭司靠近些，问道："你们来这里干什么？为什么远离你们自己的领地，来到摩萨尔的领地？"

其中一个祭司解释说："我们的总祭司鹿丹，让我们捎信给摩萨尔。"

"是和平的消息还是战争的消息？"一个武士问道。

"是请求和平。"祭司回答。

"鹿丹没有随后派更多的武士来？"

"就我们两个，整个阿鲁尔城，只有鹿丹知道我们来送信。"

"那你们继续赶路吧！"

有一个祭司突然用手指向湖那头，问道："那是谁？"所有的眼睛都看向那里，只见一个武士正在奋力划桨，向吐鲁尔城进发。武士和祭司赶紧躲到灌木丛里。

另一个祭司低声说："是那个自称真神儿子的可怕家伙。不管多远，我都能一眼认出他的样子。"

昨天跟着摩萨尔进入柯坦王宫的一个武士也确认道："是的，祭司，他就是那个被称为可怕的泰山的人。"

武士头目对祭司喊道："你们赶紧走，你们划的是一艘轻舟，又有两把桨，可以赶在他前面到达吐鲁尔城，赶紧去通知摩萨尔——他来了。"

祭司刚开始不同意，不想和泰山碰面，可架不住武士们的催促和威胁。武士们甚至直接把船推进水里，把他们架到船上，现在他们已经在泰山的视野之下了，别无选择，只有大力划船，尽快到达吐鲁尔城，到了那里，或许就安全了。

把祭司推上船之后，武士们又退回到草丛里躲了起来。他们也不想和泰山照面，一方面他们的任务不是拦截泰山，而是去寻找失踪的俘虏；另一方面，泰山的神勇他们早有耳闻，不会主动去招惹他。当然，他们有三十个人，如果泰山挑事，他们也不害怕。

就算注意到了周遭的异样，泰山也并没有采取任何举动，更没有加快速度，去追那两个祭司。祭司们自己吓得不轻，一到岸边，立刻弃船上岸，同时警告岸边的武士——泰山来了，然后赶紧去找摩萨尔去了。

吐鲁尔城的王宫就像阿鲁尔城王宫的缩小版，祭司被带到那里见摩萨尔。"我们是总祭司鹿丹派来的，"祭司说，"摩萨尔一直就是他的朋友，他希望赢得摩萨尔的友谊。雅丹正在聚集武士，自立为王。在霍顿族的各个村落，有成千上万的人听从总祭司鹿丹的命令，只有在鹿丹的帮助下，摩萨尔才有可能称王。鹿丹希望告诉摩萨尔，如果他想保持和鹿丹的友谊，必须立刻送还从欧罗拉公主住处掳走的那个女人。"

正在这时，一个武士走进来，很兴奋："真神的儿子来到了吐鲁尔城，要求立刻接见摩萨尔。"

"真神的儿子！"摩萨尔惊叫起来。

武士回答："他是这样让我传信的。他和帕乌尔顿的人确实不一样。从阿鲁尔城回来的武士有的叫他可怕的泰山，有的叫他真神的儿子，估计只有神的儿子才敢独自一人来到一个陌生的城市，他说的一定是真的！"

摩萨尔害怕得不得了，面带犹疑地看向祭司。

"摩萨尔，一定要恭敬地接待他。"刚才讲话的那个祭司向摩萨尔建议。这个祭司深得鹿丹真传，奸诈狡猾，他接着说道，"礼貌待他，直到他相信你的真诚，卸下防范，然后你就可以想怎么处置他就怎么处置他。如果可能，请把他送给鹿丹处置，总祭司会感激你的。"

摩萨尔似有所悟，点点头，转头对武士下令，让他把泰山带进来。

一个祭司说道："我们不能见这个家伙，摩萨尔，告诉我们你的回话，我们就走了。"

摩萨尔回答："告诉鹿丹，如果不是我，他就彻底失去那个女人了。为了防止雅丹抢走她，我想着先把她带回吐鲁尔城，可没承想她在夜里逃跑了。告诉鹿丹，我已经派了三十个武士去找她。好奇怪，你们来的时候没有碰到他们吗？"

"碰见了,不过他们没有跟我们说是干什么去的。"

"那就对了,告诉你们的主子,如果找到她了,我会为了他好好待她的。还告诉你们的主子,如果需要,我会派兵和他一起反击雅丹。现在,你们赶紧走吧,可怕的泰山就要来了。"

他向一个奴隶示意:"把祭司带到神庙去,让吐鲁尔的总祭司好好款待,如果他们想回阿鲁尔,就让他们回去。"

奴隶带着祭司从宫殿的另一道门出去了,一会儿工夫,就看见泰山大踏步走了进来,把引导的武士甩在了后头。泰山既没有行礼,也没有表示友好,直接走到了摩萨尔面前。面对着泰山怒气冲冲的脸,摩萨尔尽全力掩藏自己的恐慌。

"我是真神的儿子,"泰山语气冷静,掷地有声,"我来吐鲁尔城,是为了寻找你从欧罗拉公主住处掳走的那个女人。"

就这么旁若无人地闯入敌人的城堡,这气势给了摩萨尔和列队两边的武士巨大的压力。在他们看来,只有真神的儿子敢有这么勇敢的举动。试想一个普通武士怎么可能有这么大胆,独闯城堡,还敢在强大的酋长和众武士面前提要求?不,不可能。摩萨尔还在犹豫要不要假装友好,欺骗这个外来人,可一想到,雅本欧索真神洞悉一切,脸都白了。如果事实证明这个人就是真神的儿子,那是不是他正在读取自己那邪恶的想法呢?酋长想到自己那么热心响应祭司的坏主意,不禁愈发局促不安起来。

"快说,"泰山厉声喝问,"她在哪里?"

"她不在这里。"摩萨尔叫起来。

"你撒谎。"泰山沉声回答。

酋长坚持说:"以雅本欧索真神的名义,她不在吐鲁尔城,你可以搜查整个王宫、神庙和全城,但你找不到她,她确实不在这里。"

泰山追问:"那她在哪里?是你把她从阿鲁尔城的王宫带走的,

如果不在这里，又会在哪里？不要告诉我她已经遇害了。"泰山向前跨了一步，作势威胁，酋长吓得使劲往王位里缩。

他叫起来："等等，如果你真是真神的儿子，就应该知道我说的都是实话。柯坦死了，鹿丹想得到她，为了不让雅丹抓走她，我替鹿丹把她带出王宫。但在把她带回吐鲁尔的路上，她逃走了。我刚派了三十个武士去找她。"

从摩萨尔的语气和态度能够确认，他说的大部分都是真的，那就是说，自己还是来晚了。

"那两个鹿丹的祭司来这里干什么？"泰山质问道，其实他只是猜测，那两个在他前面拼命划船的祭司应该是鹿丹派来的。

摩萨尔回答："他们来的目的和你一样，都是来要那个女人的。就像你错怪我一样，鹿丹也认为是我偷走了那个女人。"

泰山专横而傲慢地说："我要当面问问这两个祭司，把他们带到这里来。"摩萨尔听了不知该愤怒还是害怕，想了想还是安全第一。如果他能把泰山的怒火转移到鹿丹派来的祭司身上，那当然最好。如果祭司们想要加害泰山，而泰山最终证明就是真神的儿子，那真神也不会怪罪到他头上。摩萨尔在泰山面前感觉非常别扭，这种感觉就像凡人与真神面对面时的感觉。现在终于有机会回避了，哪怕是暂时的，也很好。

"真神的儿子，我亲自去叫他们来。"说完，他转身离开房间。就像阿鲁尔城一样，这里的神庙也在王宫里，只不过整体规模要小很多。摩萨尔很快就到了神庙，看见鹿丹的使者正和这里的总祭司在一起，他走过去转达泰山的要求。

两个信使之一问道："你打算怎么处置他？"

摩萨尔回答："我和他之间并无冲突，他平安到达这里，也将平安离去，谁知道他到底是不是真神的儿子呢？"

鹿丹的使者回答："我们知道他不是。我们有充足的证据证明他就是个普通人，是从另一个国家来的。鹿丹也坚信这个人不是真神的儿子，还表示如果他错了，会主动把自己献给真神。如果帕乌尔顿总祭司中的总祭司，愿意冒生命危险去坚持自己的判断，有什么理由不相信他呢？不用怕，摩萨尔，你不要怕那个骗子。他就是一个普通的武士，能够制服你的武士的武器，也能够制服他。如果不是鹿丹要把他活着带回去，我就要你带武士去杀了他。不过我们必须遵守总祭司的命令，那就让他活着吧。"

胆小的摩萨尔将信将疑，决定还是让祭司们先动手来反击这个外来户。

他说道："他是你们的了，你们想干什么就干什么。我和他没有冲突。你们的命令就是总祭司鹿丹的命令，和我没有关系。"

鹿丹的信使转向吐鲁尔的总祭司，问道："你有什么计划吗？谁能活捉这个骗子，谁就能得到鹿丹和雅本欧索真神的赏识。"

总祭司低声说："这里有一个狮子洞，现在是空着的，如果这个人不是真神的儿子，那么能困住狮子老虎的地方，肯定也能困住他。"

"当然能困住他，还能困住格雷夫呢！但你首先得让格雷夫进去。"摩萨尔不无揶揄地说道。

祭司们陷入沉思，过了一会儿，有一个鹿丹的祭司说："这应该不难，我们必须要利用雅本欧索真神赋予我们的智慧，不能光依赖父母传给我们的蛮力，否则的话，和四脚畜生又有什么区别？"

摩萨尔提醒他们："鹿丹想和这个外来人拼计谋，最终还是输了。不过，这是你们的事，你们觉得怎么合适就怎么来。"

"在阿鲁尔，柯坦非常尊重真神的儿子，祭司们带着他参观了神庙。如果我们也这样做，应该不会引起他的怀疑。吐鲁尔的总祭司，你去邀请他，让所有的祭司集合起来，表示大家都相信他是真神的儿子，然后再带他参观神庙。在参观的过程中，可以把他带到狮子洞，这时候熄灭所有的火把，降下石门，就把他囚禁起来了。"

总祭司插了一句："狮子洞上面有窗户透光啊，就算火把熄灭，也能看见，说不定不等石门降落，他就逃走了。"

鹿丹的祭司说："找一个人用兽皮把窗户盖严实就行了。"

"这个主意好，"摩萨尔说道,觉得自己这次可以完全撇清关系，"这个主意不需要武士到场，只有祭司的话，他就不会怀疑有人想伤害他。"

正在这时，一个王宫的信使过来传话，真神的儿子已经不耐烦了，如果再不带阿鲁尔的祭司过去，就亲自来神庙抓他们。摩萨尔摇了摇头，无法想象一个凡人能有这么大的气势，很高兴自己没有直接参与囚禁泰山的计划。

摩萨尔绕了个路，从另外一条秘密通道回王宫去了。这边，三个祭司被派去请泰山。他们表示，承认他就是真神的儿子，恳求他看在总祭司的面子上去参观神庙，还表示，在那里，他们会把阿鲁尔的祭司带出来，泰山想问什么都可以。

泰山觉得自己的虚张声势能够达到目的，而且，就算他们发现了真相，不管是王宫，还是神庙，都一样不安全，所以，昂然接受了邀请。

来到神庙，祭司们像接待真神一样接待他，阿鲁尔的祭司也回答了他的提问,不过说的和从摩萨尔那里得到的一样。问完之后，总祭司邀请泰山视察神庙。

他们首先把他带到了祭坛广场。吐鲁尔只有一个祭坛广场，和阿鲁尔的一样，广场东面是一个血迹斑斑的祭坛，西面是一个淹死婴儿的水盆。从祭司面具上垂下来的头发可以知道,这里的祭祀仪式也是要杀人的。

他们带他穿过一个个走廊,最后点着火把,来到一个阴暗潮湿的地下迷宫,这里充满了狮子的味道。突然,火把熄灭了,只听见杂乱的脚步声穿过房间,然后有石头落地的巨大轰响,泰山又落入坟墓般的黑暗之中。

Chapter 19

狩猎女神

简第一次打猎就有所收获,十分得意。尽管不是什么大型猎物,只是只兔子,但正如人类的首次狩猎改变了整个时代一样,这次打猎也表明,她的丛林生存进入了一个新的阶段,不用只吃野果子了,还可以吃肉,这会让她更有劲,更容易适应原始丛林的生活。

下一步就是取火。当然可以像泰山一样学吃生肉,但她还是有些排斥。简原来也动过取火的念头,可一直太忙,也没什么实际的用处,就没有付诸实施,现在不一样了,她猎获了一只兔子,一想到烤兔子肉的香味,都快流口水了。她飞奔回栖身的大树,拿出从小河里捡的那些宝贝,里面有几块透明的火山石,找了一块一面凸起的,拿着它回到地面,再找一些干树皮、枯枝和树叶,把它们拢成堆。

简强按住内心的激动,拿着这块透明的火山石,不断调整位置,直到这块类似凸镜的火山石把太阳光聚集成了一个点,照在准备引燃的干草堆上。屏住呼吸耐心等待！时间过得好慢啊！难不成这么精巧的设计会落空？不，不会！一缕细烟从干草堆冒了起来，然后火苗就起来了，引火成功！简双手紧握在胸前，"咯咯"笑出了声。

她不断往火堆上添加树枝，后来更是抱了一截干木头来，听到"噼噼啪啪"木材燃烧的声音，简直是天籁之音。按说要等到火堆足够大，才好烤兔子，但等不及了，她干净利索地把兔子剥皮、清洗，把兔皮和内脏埋了起来。把兔皮和内脏埋起来是从泰山那里学来的，这样不仅可以保持居住环境的卫生，也能防止其他食肉动物闻着味赶来。

简把收拾干净的兔子用木签穿起来，放到火上烤，不时给兔子翻个面，好让肉熟透，也避免烤煳。肉烤熟了，简高高兴兴地拿着回树上慢慢享用，真是人间美味啊！她满怀感情地拍拍自己的长矛，有了它，才有了这人间美味，有了自信和安全感。想想和奥本格兹一起逃跑的日子，一个危险接着一个危险。来到这个陌生的国度时间并不长，但基本上每天都会遭遇可怕的生物，也开始适应各种危险。现在回想起那些日子，她还有些不寒而栗。在逃离土著村落的那段时间，简曾经用最后一颗子弹打死过一头狮子。当时，那头牙齿尖利、黄黑相间的狮子正准备袭击奥本格兹，他想用他的最后一颗子弹打死它，可没打中，幸好简又补了一枪。虽然没有子弹了，他们还不想扔掉武器，可这些笨重的家伙确实没用，又带着它们走了一天，还是决定扔掉。接下来的一周，简都不知道自己是怎么熬过来的。后来就遇到了霍顿人，她被抓了，奥本格兹却逃跑了。简目前待着的地方，大型野兽少一些，除非他也能逃到这里来，否则必死无疑。

简的日子过得很充实，白天都忙于收集各种她认为有用的东

狩猎女神 | 165

西。她觉得除了一根好矛外，还得有刀和弓箭，等配齐了武器，就可以尝试突围，回到最近的文明社会聚集地去。目前，这里就是最好的栖息地，不过，当务之急是赶紧建一个小屋，这样晚上能更安全些。尽管没有在附近发现过豹子，但仍然有可能碰到夜晚出来觅食的豹子，要不是考虑这层危险，她觉得自己的空中住所还是挺安全的。

除了觅食，现在的主要工作，就是砍伐搭建小屋用的木杆。把割好的草纤维抽出来做成绳子，把砍好的木杆拿到树上，用这些绳子把木杆捆在一起做地板，再把地板搁在两个大树杈上捆牢。用同样的办法，又做成了墙和房顶，还在房顶上铺了很多层树叶。简花了很多心思做窗户和门。窗户有两个，挺大的，有牢固的栅栏做防护；门很小，只容她手脚并用地爬进爬出，这样更安全。

现在，简已经没有时间概念了，反正时间也不值钱，要多少有多少。她甚至不愿意去主动记录时间，也不记得离她和奥本格兹逃出村子过了多久，只能大致猜出现在是什么季节。之所以这么拼命干活原因有二：一是赶紧造好自己的避难所；二是筋疲力尽之后，更好入睡，更好度过漫漫长夜，迎来新的一天。确切地说，简花了不到一周的时间就把小屋盖好了，她建得很结实，而且不断往里添加各种小装饰。

日子就在打猎和造房子的过程中缓缓流淌，偶尔还会因狮子出没增加一些刺激。简原来就从泰山那里学习了一些丛林生活技巧，后来和奥本格兹在丛林里逃难，更是积累了很多实用的经验，现在每天也是收获满满。有了这些技能和经验，就能够应付各种危险，比如要是有狮子潜伏在附近，准备攻击你，最好的办法就是赶紧爬到树上去。

夜晚，森林里各种怪声此起彼伏，让人感到孤独困苦，好在简入睡很快，才一天天熬过来。现在有了这个结实的小屋，她感到安全、幸福。夜晚的噪音似乎正在远离，树叶的"飒飒"声也不那么让人心慌。以前，树叶响动，难免让人联想到有危险靠近，现在有小屋庇护，简睡了个安稳觉。

有了武器，简打猎的半径扩大了很多，不过，到目前为止，还只打到过啮齿类的小动物。她特别想猎一头羚羊。羚羊很有用，不仅可以吃羊肉，用羊肠做弓，在寒冷的雨季来临时，还可以用羊皮御寒。有好几次，她都看见有羚羊在附近出没，这家伙警惕性很高，不过，经常从她家附近的小溪经过，正好可以在此设伏。简偷偷埋伏在森林里，像一头狡猾的猎豹，又像一头随时会受惊的小鹿，不断四下张望，寻找猎物。运气真好！一头漂亮的雄鹿来到小溪边喝水。这个曾经的淑女匍匐在地，一点点向猎物靠近，待到达矛的射程之后，在一小片灌木丛后面隐藏起来。她在养精蓄锐，一旦发动攻击，就得站起来，使出全部力气，把矛扔出去。简冷静、理智地完成了这一连串动作，一击命中目标，雄鹿高高跳了起来，又重重摔倒在地，死了。简快步跑向猎物。

小溪对面，灌木丛后面，一个男声用英语高喊："干得漂亮！"简一下子停了下来，震惊无比。一个衣衫褴褛的男人从小溪对面站了起来，刚开始没有看出到底是谁，待到发现是奥本格兹时，简吓了一跳："奥本格兹中尉，真的是你吗？"

这个德国人回答："是的，真的是我！很奇怪吧，不用怀疑，就是我，厄里希·奥本格兹。你呢？你变化好大，情况如何？"

他看着一身霍顿妇女装扮的简：四肢裸露在外面，戴着黄金胸甲，腰间系一条虎皮围裙，身上还有很多装饰物。没办法，鹿丹把她囚禁起来以后，因为喜欢她，就把她打扮成霍顿妇女的样子，这身打扮，就算是欧罗拉公主也不见得有。

"你怎么会在这里？我还想着，你要是活下来的话，肯定已经安全回到文明社会了。"

"神啊！我也不知道我怎么还活着。我祈求死亡，却活了下来，真是绝望啊，估计要在这可怕的地方过一辈子了。沼泽，可怕的沼泽！我们顺顺利利进来了，可雨季之后，沼泽里遍布淤泥和爬行怪兽，我绕这个国家走了一圈，也没找到出去的路，一路还不断有野兽出没，想吃掉我。"

"那你是如何摆脱危险的？"

"我也说不上来，我就是一路逃、逃、逃。有一次，我在树上躲了好几天，又饿又渴。后来我学会了使用大棒和长矛，还曾经用大棒打死过一头狮子。兔子急了还咬人呢，我们在这里还不如一只兔子。说说你吧，你好奇我是如何活下来的，你，一个女人，又是怎么活下来的呢？"

她边告诉他自己的经历，边寻思着怎么摆脱掉他：再和他单独待在一起，简直无法想象。尽管在过去的几个月里他们互相陪伴，但仇恨和轻视从未消失，现在他又帮不了自己回到文明社会，干吗还和他在一起？况且自己还对他心怀恐惧！简从来没有信任过中尉，现在发现他看自己的眼神有了变化，尽管不知道为什么会有这种变化，但这让她恐惧，无名的恐惧。

中尉用帕乌尔顿人的语言向简提问："你在阿鲁尔城待了很长时间？"

"你学会这里的语言了？怎么学的？"

"我落入了一群混血儿手里，他们被称为瓦兹霍顿人，属于被放逐的族群，居住在四面环山的峡谷里，山谷里的河水从这里穿过，流入沼泽。他们有的像瓦兹顿人一样居住在山洞里，有的像霍顿人一样，利用小山包建造房屋。他们无知、迷信，看见我没有尾巴，手脚又和他们不一样，就很怕我，觉得我不是神就是魔鬼。在这么个蛮荒之地，我别无选择，只好努力和他们建立良好关系。他们把我带回布鲁尔，他们居住的地方，好吃好喝地款待我。我慢慢学会了他们的语言，并尽力给他们营造我就是神的感觉，他们也相信了。可惜后来有一个老头，不知道是祭司，还是巫医，嫉妒我的权力越来越大，就想了一个办法对付我。他对村民说，如果我真的是神的话，用刀刺我，我就不会流血；如果我流血了，那就证明我不是神。他根本没有通知我，就安排在全村人面前进行这项测试。他把日子定在一个晚上，在那天晚上，村民们先要敬奉雅本欧索真神，然后会在一起吃吃喝喝。如果喝了酒，无论巫医让他们干什么血腥的事情，他们都会去干的。有一个女人，提前把这个计划告诉了我，可并不是出于好心，而是出于女性的好奇，她等不到那天晚上，就迫不及待拿着刀子想要在我身上试试，看我是不是会流血。我阻止了她，询问原因，她就一股脑把所有的事都告诉我了。在那个时候，武士们已经开始喝酒，任何说服的企图都是徒劳，除了逃跑，别无选择。我告诉那个女人，我非常愤怒，他们居然敢怀疑我的身份，为了表达我的不悦，我将不再护佑他们，现在就回天堂去！

"她在我身边晃来晃去，想看看我怎么回去。我吓唬她，我走的时候，周围会有火焰腾起，如果她不赶快离开，眼睛就会被闪瞎，而且此后的一个小时内，任何人如果出现在这附近，都会和她一样化为灰烬。

"她吓坏了，赶紧溜走。如果她能在事后回想起来，我确实在一个小时内消失了，或许就会相信我就是雅本欧索真神本人。当然我不到一个小时就逃走了，而且至今不敢在布鲁尔出现。"他"嘎嘎"狂笑起来，简不禁打了个哆嗦。

狩猎女神 | 169

在奥本格兹讲述自己经历的时候，简过去把矛从鹿身上拔下来，开始剥鹿皮。这个男人不断用脏手捋着自己凌乱的头发和胡须，一边讲，一边观察简，却并不过来帮忙。他的脸和身上都是土，身上除了围着一块兽皮，别无长物。他的武器是一根大棒和一把刀，是从布鲁尔偷的。不过，除了这些，简更为关注的是中尉的狂笑和他奇怪的眼神。

剥完鹿皮，简并不打算把所有的鹿肉都带走，只割了一些够自己吃的，然后站起来，看着奥本格兹。

"奥本格兹中尉，"她说道，"真不凑巧，我们又见面了，当然，你也不愿意遇见我。我这几个月颠沛流离的生活，全是拜你所赐，对你除了厌恶和怀疑，我无话可说。作为补偿，你至少可以离开这里！这个小角落是我发现的，我想自己留在这里，请你离开！"

奥本格兹目光呆滞地盯着简看了好一会儿，突然发出诡异的笑声："离开！让你自己待着！我刚找到你，我们会成为好朋友的！在这个蛮荒的世界里，只有我们两个，没人知道我们会怎样，我们会做什么，现在你却让我离开，自己待着！"他又笑了起来，或者说只是发出了空洞的笑声，眼睛并无笑意。

"记住你的承诺！"

"承诺！承诺！有什么承诺？承诺是用来打破的——我们在比利时就是这样教育世界的！不，我绝不走，我要留下来保护你！"

"我不需要你的保护，你也看到了，我会用矛了。"

"是的，但你是一个女人，我不能把你单独留在这里，不，不，作为皇帝的部下，我绝不能抛弃你！"

他又笑了起来："我们两个在这里会很幸福的！"

简压抑不住自己的厌恶，忍不住又哆嗦了一下。

"难道你不喜欢我？哦，那太让人难过了，不过，终有一天，你会爱上我的！"又是一阵可怕的狞笑。

简已经把鹿肉用鹿皮裹了起来，背在肩上，现在，她右手持矛，对着德国人，呵斥道："走开！不要再废话了！我要保护我的地盘。要是再让我见到你，我会杀了你的！知道吗？"

奥本格兹大怒，拿起大棒，对准简。

"你敢！"她一边呵斥，一边拿起长矛，做出准备投掷的架势，"刚才你也看见了，我杀死了一头雄鹿。你也说了，这里没人知道我们会做什么。德国人，好好想想吧，如果你敢往我这里再走一步，你的命运会是什么？"

男人拿大棒的手落下来，换了安抚的口吻："来，格雷斯托克夫人，让我们成为朋友，互相帮助，我答应你，绝不伤害你。"

"想想比利时吧！"简冷笑着提醒他，"我要走了！记住，不要跟着我！从这里往任何一个方向走一天，都是我的势力范围！记住，如果在这个区域里让我碰见你，我就会杀了你！"

男人显然听明白了，面色阴郁地看着简转身，跨过浅滩，拐弯，消失了。

Chapter 20

沉寂的夜

阿鲁尔城的政权已经几度易手。泰山带着那帮忠于柯坦的武士从秘密通道进入神庙，来到祭司集合武士的广场前，就离开了。武士们群龙无首，接连遭遇打击。先有祭司不断劝说他们要忠于父辈的信仰，又把雅丹刻画成背叛真神的人，还说如果他们再跟着雅丹的话，真神就要发怒了。祭司们坚称，鹿丹的唯一愿望就是不让雅丹篡夺王位，要依据霍顿人的法律选出新国王。

祭司们的话效果很明显，很多赶过来的王宫武士都加入了祭司的队伍。等祭司们发现，被拉拢过来的人已经超过了忠于王室的人，就暗暗让前者把后者干掉，这样一来，只有很少的王宫武士安全抵达王宫大门，但也很快被抓起来了。

祭司们带着自己的队伍从秘密通道回到神庙，有忠诚的武士找到雅丹，把一切都告诉了他。这时候，打斗已经从宴会大厅蔓延到王宫的各个角落，短时间里，是雅丹他们占了上风。祭司带领的队伍退回了神庙,和雅丹他们形成对峙的局面。

　　雅丹听说公主的遭遇,赶紧派人去保护她。得知泰山领着武士去拦截祭司的队伍,雅丹对泰山更有好感了,只是遗憾他已经走了。

　　当雅丹和武士们听了欧罗拉和潘娜特丽讲述泰山神一般的故事后,更加坚信自己的看法,如今,这场宫廷内讧,俨然已经变成关于真神儿子身份的斗争。究竟是对泰山英雄事迹的传颂碰上了鹿丹对泰山的憎恶,导致了这场内讧;还是说,像雅丹这样的武士,看到给自己的计划增加一个宗教理由的好处,精心策划了这一切,已经很难判定了。结果是,因为总祭司对泰山的敌意,鹿丹特别仇恨雅丹的追随者。

　　如果泰山能够亲临现场,鼓舞士气,相信雅丹很快就能赢得胜利,只可惜,他走了。武士们祈祷他能回来,可一直得不到回应,有些意志不坚定的人,就开始怀疑是否真有这样一个神圣的理由来支持他们的战斗。雅丹这方还有一个缺陷,就是雅丹的品阶不高,不能够和鹿丹抗衡。由于王宫武士的亲朋好友,很多也是鹿丹那边武士的亲朋好友,这样一来,祭司们就发现了一个策反的路径,很快,整个王宫到处都是诋毁雅丹的言论。

　　鹿丹和雅丹的力量对比逐渐反转,神庙的一次突袭,彻底击溃了雅丹的力量,他们只好撤退,让出了王宫。鹿丹成为帕乌尔顿的实际统治者。

　　雅丹带着公主、妇孺、奴隶退出了阿鲁尔城,回到自己的领地雅鲁尔。他在那里开始重整旗鼓,招募新兵,周围的村落积极响应,这几年来,他们一直受雅丹的照顾,是雅丹的忠实支持者。

　　雅丹这边不断积攒力量,泰山那边还困在狮子洞里,摩萨尔和鹿丹则不断互派使者就王位讨价还价。摩萨尔很狡猾,他了解到,

沉寂的夜 | 173

有很多人倾向于相信泰山就是真神的儿子，知道就算和鹿丹谈崩了，还可以拿泰山做筹码。鹿丹也想要泰山，总祭司知道他一直没能证明自己说的是真的，泰山的神勇还削弱了他的威信，所以必须在众人面前，亲自把泰山送上祭坛。

吐鲁尔的总祭司设计把泰山关进了狮子洞，不过幸好他的武器还在，有用没用就不知道了。在他随身的小袋子里有各种各样的小玩意：黑曜石、箭羽、火石、铁块、骨针、羊肠线和刀。这些东西对你我而言，可能没什么用，可都是泰山的宝贝。

泰山意识到自己中计了，他闻到了狮子的味道，尽管是陈旧的味道，但迟早会有狮子进来的，那就等着吧，先把牢房好好看看再说。窗户被刻意盖住了，揭开来，透进光，再打量一下房间，房间的位置虽然在神庙大厅的下面，但离地面还有一定的距离。窗户用栅栏封着，窗台很宽，看不见下面是什么。远处是黑湖，再远些是绿草茵茵的湖岸，更远处则是群山绵延，看起来真是一幅美丽的画卷，安详、宁静、和谐！一点儿也看不出统治这方土地的居然是一群野蛮人！想一想，有一天，文明世界的人会来到这里破坏这一切！无情的斧头砍向经年的大树；蓝天下，丑陋的烟囱冒着浓重的黑烟；满身污垢的小船，带着轮子，搅动湖底的淤泥，清澈的湖水转眼变成脏脏的土黄色；肮脏的钢铁建筑会在湖边建立码头，城市拔地而起。

文明社会的人会来吗？泰山希望他们还是别来。这么多年来，文明社会在全球肆虐，东征西突，不论是南极还是北极都有它的足迹，肯定也包围过帕乌尔顿，最终却止步于沼泽之外。估计上帝永远都不想让它染指这个地方。霍顿人和瓦兹顿人虽然利用山体和悬崖修建了房屋和山洞，却不足以破坏自然，这里还保留着上帝创造世界最初的模样。

窗户的遮盖被去掉以后，泰山就能看清屋内的结构了。屋子还是挺大的，一边一扇门，大的那扇走人，小的那扇走狮子。两扇门都由很厚重的大石头建成，卡在地板上的凹槽里。两扇窗户不大，也有铁栅栏封着，栅栏很结实，牢牢嵌进窗棂里，逃跑，似乎是不可能了。但这一切阻挡不了泰山的逃离，他从口袋里拿出刀，尝试着去凿开窗户栅栏下面的石头，工作进展很慢，但他有的是耐心。

每天会有人把那扇小门抬起个小缝，塞进来食物和水。看来除了把他喂狮子，还有别的想法，不过，这不重要，再过几天，他们想干吗干吗，他可要走了。

这一天，鹿丹的主要棋子，潘萨特祭司来了。表面上，他是给摩萨尔送信的：鹿丹已经同意摩萨尔当国王，还邀请他立即到阿鲁尔来。传完信，潘萨特提出要去神庙祈祷，在那里找到了吐鲁尔的总祭司，又传达了鹿丹的一道密令。两个祭司躲到一个小房间里，潘萨特在总祭司耳边低语："摩萨尔想当国王，鹿丹也想当国王。摩萨尔想把那个自称真神儿子的外来人留下来，鹿丹想杀了他。现在，"他往总祭司耳边凑了凑，"你有机会成为阿鲁尔的总祭司！"

潘萨特停顿了一下，等着总祭司反应。总祭司显然被打动了，阿鲁尔的总祭司，掌管着阿鲁尔的祭祀，那权力，不就和当帕乌尔顿的国王一个样嘛！

"怎么办呢？"总祭司低声问道，"我怎么才能成为阿鲁尔的总祭司？"

潘萨特又靠近了一些："杀了其中的一个，把另一个带到阿鲁尔去。"说完，潘萨特起身离开，知道鱼已上钩，现在可以唆使他做任何事了。

潘萨特安排得很严密，只是有一个小小的疏漏。他自己非常清楚鹿丹的整个计划，知道鹿丹想公开处死泰山，好巩固自己的权威，同时干掉摩萨尔，扫平自己当国王的障碍。他错以为别人也和他一样清楚，没想到吐鲁尔的总祭司刚好弄反了。后者还幻想着要是做好了这些事，就能当上阿鲁尔的总祭司，根本没想到鹿丹已经安排好人，只要他一来阿鲁尔，就杀死他，甚至已经准备好了一间神庙的地下室，给他做坟墓。

由于对潘萨特的暗示理解错误，总祭司没有去暗杀酋长摩萨尔，而是重金贿赂了十二个武士，去狮子洞杀泰山。武士们等到夜幕降临，悄悄举着一根火把引路，向狮子洞走去。

黑暗的狮子洞里，泰山不知疲倦地又凿又挖，同时注意着外面的动静。他听到大门那边有脚步声。原来都是一个奴隶从小门来送饭，现在是深夜，却有不止一个人出现在大门那边，肯定不是什么好事。泰山并没有因为他们来到大门前而停止挖凿，周围一片静寂，只有不断的挖凿声。

武士们听到了挖凿声，但不明白是怎么回事，只管低声商量着进攻方案：两个人开门，剩下的人一起冲进去，朝泰山扔大棒。他们不敢冒险，泰山的神勇已经传遍了整个吐鲁尔，一想到要面对泰山，就算是十二对一，还是在阴冷的走廊里冷汗直冒。

总祭司给出指令，门被吊了起来，十个武士高举大棒冲了进去。三根大棒径直扔向了角落里的一个黑影。火把跟了进来，照亮了狮子洞。洞里空无一人，刚才的黑影是一堆盖窗户的兽皮。

武士冲向窗边，发现窗户的栅栏缺了好几根，栅栏上绑着用兽皮编的绳子，垂在外面。

简本来只用担心自然界的威胁，现在还得防着奥本格兹。她已经不怎么害怕狮子、豹子这类食肉动物了，但却对这个无耻的德国人有着深深的恐惧。一想到那脏乎乎的样子、诡异的笑声、奇怪的表现，不仅令人厌恶，还有莫名的恐慌。经过这几个月的户外历练，简感觉自己已经足够坚强，可一想到这个德国人，想到他有可能会碰她，就忍不住想尖叫，甚至会昏厥。简很后悔，当时怎么没有像杀死狮子那样，杀死他。这里，不需要为这些罪恶的想法做辩护，没必要辩护，那些指导你我的行为规范不适合她。我们可以向亲朋好友求救，也可以找警察，他们本来就负责维护法律正义，禁止恃强凌弱。如今，简自身就是个弱者，急需保护。对她而言，奥本格兹就是一头狮子，甚至比狮子还可怕。她决定了，下一次再遇见他，绝不犹豫，直接用长矛截住他。

夜晚，温馨的小屋没有了原来的安全感。小屋可以成为豹子的屏障，对人却构不成障碍，想到这些，简很难入睡，任何风吹草动都让她睁大双眼，努力判断声音来源。这时，她感觉好像有东西在树上移动，屏住呼吸，仔细倾听，真的，它又在动了，好像是一个柔软的东西在摩擦树干。伸手握住矛，她感觉支撑小屋的一根大树枝有些下垂，似乎有东西在经树枝靠过来。越来越近了，连呼吸声都能感觉到，应该已经到了门外。会是什么？听声音辨别不出来。她悄悄爬向门口，手里紧握着长矛。不管这个东西是什么，显然想不惊动她，偷偷进来。现在她和它之间，只有一门之隔。简跪在那里，上半身挺直，左手在门上摸索，终于摸到门中间有个小缝，二话不说，直接把矛从这里扎了出去。外面的东西肯定听见了里面的动静，突然放弃了偷偷摸摸的举动，开始狂怒地撕扯屋门。与此同时，简使劲全力把矛扎了出去，感觉矛进到肉里了。伴随着尖叫和诅咒，那个人掉了下去，差点把矛也带下去。

是奥本格兹，他的诅咒暴露了一切。下面没动静了，难道她杀了他？她祈祷希望如此，真能摆脱这个恶魔就好了。整个晚上，简都无法入睡，不断想着下面那个死去的人，躺在那里，沐浴在清冷的月光下。

她祈祷有狮子来把他的尸体拖走，但整个晚上，除了丛林的天籁之外，再无任何动静。她很高兴他死了，但想想明天早上还要面对他的尸体，就有些胆怯。得把他埋了，但那以后就天天生活在他的坟上面了。

她对自己的软弱很不满意，一遍遍告诉自己，她是出于自卫才杀的人，自己是正义的。可毕竟是来自文明社会的女性，严格的社会法则在拷问着她，禁令和迷信也开始折磨她。

天终于亮了，太阳自远山上升起。简磨磨蹭蹭，不想打开门往下看。最终，她收拾好心情，解开绑门的皮绳，开门往下看，除了绿草和鲜花，什么也没有！再一次四下查看，没有！目光所及之处，没有那个德国人的影子。

简慢慢下到树下，时刻提防可能的危险。树下有一摊血，沿金湖畔，草地上还有一道血迹。她并没有杀死他！很奇怪的感觉，有些懊悔，又松了一口气。他还有可能回来，不过，至少不用住在他的坟上面了。

简本想沿着血迹追踪，后来想想还是算了，要是发现他死了还好，要是没死，该怎么办？再给他一矛？不，做不到。把他带回来养伤？也做不到。就把他留在荒野，让他自生自灭？还是做不到。那还是别追了，万一找到了，更不好办。

今天之前，简觉得自己已经有了钢铁般的意志，现在经受了这个打击，她知道自己还不够坚强。或许明天会不同，可是，这个小屋，这片丛林，再也不完全属于她了，德国人的阴影一直若隐若现。她再也无法在夜晚酣睡,和平的小世界瓦解了。

夜晚,简又割了些鹿皮,做成皮绳,把门好好加固了一下。昨天晚上就没怎么睡,她很困,但睡不着,大睁着双眼。她看见了什么?是一些让这双美丽的大眼睛流泪的景象:布局杂乱的平房,那是她的家,可惜没有了,被那些至今阴魂不散的德国人毁了;那个强壮的男人,他有力的臂膀,再也无法拥她入怀了;个子高高的儿子,有着和父亲一样勇敢、热情的眼睛,满怀深情地看着她。他们住过简简单单的平房,也住过宏伟的厅堂。泰山喜欢平房,所以她也喜欢。

简筋疲力尽,终于睡着了。也不知道睡了多久,突然又被惊醒了,又听到了身体摩擦树干的声音,树枝又因承重而下垂,他又回来了!她浑身发冷,开始打寒战。真的是他吗?天啊!如果他已经死了,那现在来的是什么?她竭力克制这种可怕的想法,再想下去,会疯的。

简再一次爬到门边,哆嗦着把矛对准原来的那个小缝。那个东西已经到了门外,她在想,它掉下去的时候,会不会尖叫?

Chapter 21

疯 子

  狮子洞外，武士们还在低声讨论如何发起攻击；洞内，泰山已经拆掉了好几根栅栏上的铁棍，拿出早已编好的皮绳，系在剩下的栅栏上，钻出窗户，顺绳而下。洞外的环境，在拆掉铁棍以后，已经侦查好：洞外还属于王宫的地盘，有一条废弃的小路从这里通向王宫的大门。

  夜色掩映之下，逃跑变得容易起来，或许就这样走出王宫也不会被发现。泰山挺直腰杆，大步流星，在他看来，这样反而不容易引起关注。果然，一路走来，遇到好几个霍顿人，没有一个拦着他盘问。王宫门前有好几个武士，泰山准备径直走出去，突然，从神庙那边跑出来一个人，高喊着："不要让任何人出门，囚犯从狮子洞跑了！"门口的武士立刻拦住泰山，也认出了他："天啊！他在这里！进攻！进攻！退后，退后，要不我杀了你！"

  武士们簇拥上前，对，不是冲向泰山，而是走过去。他们倒是有心发起进攻，但热情不足，内心都希望别人先冲出去。泰山那么厉害，离得远远的，扔根大棒过去才是好的选择。泰山对大棒并不陌生，而且随着了解深入，发现自己和瓦兹顿人都没有完全发挥大棒的威力。霍顿人用大棒的技巧很高超，甚至放弃了使用长矛，只使用大棒。大棒比长矛更致命，还可以当盾牌使用，一物两用，就减轻了武士的负担。霍顿人像掷链球那样，把大棒扔出去，普通的盾牌根本挡不住，盾牌太重的话，又不好拿，但用同样的大棒对着扔出去，让它偏离方向，就可以成功阻截，而且大棒还能扔得比长矛远、比长矛准。

现在是检验泰山学习成果的时候了。他的眼力、脑力和体力，充分弥补了他在大棒使用经验上的不足，只见他左右腾挪，成功避开了大棒的攻击。他本想抓住一个敌人，可他们很谨慎，都尽量远离他，害怕他的神力会伤害到自己。他们拦着不让他出城，还大呼小叫地寻求支援，要是支援赶到，想出城就会更难，得赶紧进攻。

武士们派了几个人绕到泰山背后，去收集扔出去的大棒，泰山自己也捡了几根，使尽全力扔回去，砸死了两个。听到石头路上"啪哒啪哒"的脚步声和高声的喊叫，泰山估计增援马上就要到了，得抓紧时间。丛林之王两只手各拿了一根大棒，先向前方的武士扔过去一根，趁他躲闪的时候，欺身到跟前，抓住了他，又把手里的另一根大棒扔向另一个武士。被抓的武士连忙去摸刀，却被泰山抓住了手腕，使劲一拧，只听"咔嚓"一声，紧接着一声惨叫，手腕骨折了。泰山把武士举起来作为肉盾牌，一点点向大门退去。武士们赶上前来，想救自己的同伴，泰山把他举过头顶向他们扔了过去，最前面的武士被击中，倒下了，连带着后面的两个武士也摔倒了。利用这个机会，泰山抓起王宫门口的照明

疯子 | 181

火炬,把它扔到地上弄灭。

趁着没有亮光,泰山跑出宫门,故意向吐鲁尔方向跑了几步,又偷偷折回来,躲了起来。听到敌人向黑湖方向追了过去,知道他们已经上当,现在没了追兵,可以放心出城去阿鲁尔了。

要回阿鲁尔,首先要经过金湖,但要注意避开金湖岸边的大路,渡过金湖,再穿过一条河,就可以看到阿鲁尔了。他不准备再偷一艘独木舟,从水路回去,觉得还是走陆路好些,不过,要尽可能走远一些,摩萨尔不会那么轻易放过他的,等天亮了,肯定会派人来追捕。

城外一两英里的地方,有一片森林,来到自己从小居住的环境,泰山彻底放松下来。不管是树上爬的、地上趴的、四足跑的,对他都不是问题。森林里植被腐烂的味道,也让人备感亲切。他仰起头,张开双臂,深吸一口气,爱极了这个味道。热带植物的花香,混合着丛林里的各式味道,真比美酒还让人沉醉。

泰山决定从树上走,并不是出于必需,而是喜欢,太久没有享受这种自由的感觉。耳边,狮子在附近"呜呜"低吟,猫头鹰在右方聒噪,这些对你我来说,可能都与孤独相连,但对泰山来说,却是一种陪伴,代表了丛林伙伴。

他一直赶路,最后来到了一条小溪边,这里的树并不相连,所以得下到地面,涉水,到对岸去。上了岸,泰山突然石化在那里,不断张开的鼻翼,说明他很激动。停了一会儿,他又开始小心翼翼地向前走,整个人似乎有了新的目标。这个目标明确、强大,显然要比回阿鲁尔城更让他激动。

终于寻到一棵树下,他站在那里向上看,隐约可见树杈上有个四方的物体。泰山慢慢往树上爬,因激动有些哽咽,不知即将面对的是欢喜还是恐惧。来到这个粗糙的小屋前,在小溪那里就引起他注意的幽香，越来越浓，对着小门，泰山喊道："简，我的爱人，我来了！"

听到喊声，屋内的人倒吸了一口气，然后就听见"咕咚"一声，有人摔倒在地板上。泰山急于想把闩门的皮绳解开，可皮绳从里面拴得牢牢的。等不及了，泰山抓住小门，一下子把它拽开了，进得门来，发现自己的爱人直挺挺躺在地上，似乎没有生命迹象。他把她抱进怀里，感觉心跳还在，也有呼吸，是昏过去了。

简醒过来了，发现自己躺在一个有力的臂膀里，头枕着宽阔的胸膛，过去，不管是恐惧还是悲伤，都可以在那里找到安慰。她有些不敢相信，怯怯地摸了摸他的脸，低语道："约翰，告诉我，这一切是真的吗？"

泰山搂紧妻子，回答："是我，但我的喉咙发紧，"他停顿了一下，"有些说不出话来。"

她笑了，往丈夫的怀里缩了缩："人猿泰山，上帝对我们真是太好了！"

两个人默默依偎在一起，知道对方安全，能够重逢，已经胜过千言万语。后来，话匣子还是打开了，而且根本停不下来，有太多的故事要分享，有太多的疑问要了解，天光大亮，两个人还没聊完。

她问："不知道杰克现在在哪里？"

"我也不知道，最后一次得到他的消息，说他在阿尔贡前线。"

"唉，那我们的幸福还不完美。"语气里带着一丝伤感。

"是的。不过，成千上万的英国家庭和我们的情况一样，我们应该骄傲才是！"

简摇摇头："我想我的孩子。"

"我也想孩子，会等到他的。我听说他的消息时，他还很安全，

疯　子 | 183

没有负伤。现在我们要为回家做计划了。你是想回去重建我们的小房子，召集我们的老仆人，还是回伦敦去？"

"先去找杰克，"简说道，"我一直梦到的都是那个小房子，不过，我们还能回去吗？奥本格兹跟我说，他绕着这个国家走了一圈，没有找到穿越沼泽的路啊！"

"我不是奥本格兹，"泰山笑着提醒妻子，"今天休息，明天出发向北走，这是一个未开化的国度，不过，原来我们能够通过，现在就还能通过。"

第二天一早，泰山夫妇启程向北穿越雅本欧索山谷，等待他们的是野人、野兽、高山、沼泽、荒原和许多未知的风险。

奥本格兹尖叫一声从树上掉了下去，因为害怕简追下来，就算伤痛流血也不敢再出声，为了不发出声响，甚至爬着往前走，在地上留下了一道长长的血迹。他觉得自己快要死了，然而并没有。天亮了以后，他查看自己的伤口，发现矛扎进了右边的侧肋，但并不足以致命，意识到这一点，离简远一些的念头更强了，他赶紧接着向前爬，总觉得这样不会被人发现。可笑的是，奥本格兹一边逃跑，一边心里却想着如何追上这个女人，实施报复：她让他受的苦，他都要还回去；她居然拒绝他，她要为此付出代价。在他内心深处，还有别的想法，不过，他不愿直面，不管怎样，他还要回来。等他回来，惩罚完她，就用双手掐死她。他不断想着如何惩罚她，最后竟然"咯咯"大笑起来，那可怕的笑声定会让简不寒而栗。

他发现自己的膝盖开始流血，很疼。他向后面望了望，没人，听了听，也没有什么动静，就站了起来。一路爬下来，奥本格兹身上又是泥又是血，脏得要命，头发和胡子也乱七八糟，上面还沾着干泥和草刺。他已经没有时间观念了，饿了就吃野果和植物的根茎，有危险就爬到树上去。一路沿着湖边和河边往前走，终于来到了金湖南岸，一条大河阻住了去路。河对岸，一座白色的城池在太阳底下熠熠生辉。他像猫头鹰一样，眯着眼睛看了好久，终于记起来，对面是光明之城阿鲁尔。和布鲁尔人以及瓦兹霍顿人相处的经历，让他想起来，他们叫他雅本欧索真神。他狂笑起来，站直身体，在岸边来回走动。"我是雅本欧索真神，"他高叫着，"我是真神！阿鲁尔城里有我的神庙和我的总祭司。雅本欧索真神在这个丛林里干什么？"

奥本格兹一脚迈进水里，向着对岸的阿鲁尔城，扬声叫道，"我是雅本欧索真神！奴隶们，快点过来，把你们的真神带到他的神庙去。"距离太远了，没人听见，也没人过来。天空有小鸟在飞翔，湖里有小鱼在脚边游来游去，他大笑着想抓住它们，手脚并用之下，也没能抓住。或许他已经把自己幻化成了一头海狮，抛开小鱼，趴在水里，双脚像尾巴似的扭来扭去。困苦、恐惧、缺衣少食的生活已经把奥本格兹变成了疯子。

一条小蛇浮出湖面，这个疯男人赶紧手脚并用去抓，一路跟着来到河口附近的岸边，那里的水草又密又厚，小蛇钻进去就不见了，不过，倒是意外发现岸边停着一艘独木舟。舟里有两把桨，男人"咯咯"笑着把它们扔到水里，看了一会儿，又坐到船边，用手在那里打水，听着水声，看着溅起的水花，很是惬意。他用右手试着去搓左臂的污垢，结果下面的白皮肤露了出来，这下更起劲了，似乎想洗去全身的污垢血渍，倒不是为了干净，只是觉得好玩："我又变白了。"洗去污垢，目光转向烈日下的阿鲁尔城，想想自己在布鲁尔城假装真神的经历，奥本格兹尖叫起来，"光明之城阿鲁尔！我是雅本欧索真神！"

疯 子 | 185

他低头看看自己,兽皮围裙又湿又脏,一把拽掉它,扔到水里,"神才不穿这种破烂,他们什么也不穿,只戴花环。我是雅本欧索真神,我要正式进入阿鲁尔城了!"他用手抓抓自己乱蓬蓬的头发和胡子,毛刺还在,再甩甩头,无济于事,还是又脏又乱。现在他已经不那么糊涂,开始有主意了,但依然是个疯子,只不过是个有想法的疯子。奥本格兹来到岸边摘了一些鲜花和蕨类,鲜花插到头发和胡子里,蕨类挂到耳朵上,有的蕨类倔强地翘起来,像淑女帽子上的羽毛。

现在这身装扮,是个人都会注意到了!他很满意,回到独木舟那里,把它推进河里,自己跳进去。小舟顺着河水流动的方向,进入大湖,这个全身赤裸的男人,双臂抱在胸前,站在小舟里,大喊大叫:"我是雅本欧索真神!让总祭司和各色人等快来见我!"

小舟借着风势,向前移动,奥本格兹时不时喊一嗓子,表明自己的身份。随着船越来越靠近岸边,城里的人发现了他,武士、妇女、儿童都挤到城墙上看热闹;祭司们也在神庙的墙上远眺,鹿丹身在其中。等到鹿丹看清了他的打扮,听清了他的尖叫,眉头一皱,有了新打算。这时鹿丹已经知道泰山逃跑了,担心他加入雅丹的队伍,那将让雅丹如虎添翼,而且,有些民众本来就相信真神儿子的身份,看见泰山来了,肯定会踊跃报名参加雅丹的队伍,那他可就麻烦了。

小船离岸边已经很近了。小祭司们看着鹿丹,等候指示。

"把他带来见我!"鹿丹下令,"如果他真是雅本欧索真神,我就会知道。"

祭司们赶忙跑下去通知武士:"去,把那个外来人带来见鹿丹。如果真是雅本欧索真神,我们会知道的。"

奥本格兹中尉被带到总祭司鹿丹面前。鹿丹死死盯着这个戴着奇怪头饰、全身赤裸的男人:"你从哪里来?"

德国人高叫起来:"我是雅本欧索真神,我从天上来,我的总祭司在哪里?"

"我就是总祭司!"

德国人拍拍手,命令道:"把我的脚洗洗,给我准备好食物。"

鹿丹的眼睛眯成了一条细缝,当着祭司、武士的面,弯下腰,用头碰触德国人的脚。

鹿丹站起身吩咐:"奴隶们,给真神拿水和食物来。"显然,总祭司认可了奥本格兹中尉真神的身份,这消息立刻蔓延开去,传遍了大街小巷,甚至从阿鲁尔传到了吐鲁尔。

真神来了,真神亲自来支持总祭司鹿丹的事业。摩萨尔立刻表态效忠鹿丹,并表示自己不想当阿鲁尔的国王,只要能平平安安在吐鲁尔当酋长就行。他还是挺明智的,但鹿丹还想利用他,派人给他送信,说雅丹正在北方集结队伍,准备攻打阿鲁尔,请摩萨尔带兵来这里增援。

奥本格兹很享受当真神的感觉,有吃有喝,十分快活。现在没人能够证明他不是真神,所有人都把他当神供着。他像神一样发号施令,随意驱遣奴隶,残暴的本性和鹿丹很像,所以两人一拍即合。鹿丹意识到,奥本格兹能够帮他统治整个帕乌尔顿,所以只要这个德国人听话,"好日子"还长着呢!

神庙广场东面祭坛的前方,建了一个王座,好让真神亲自坐在那里,观看献祭。这个残忍的疯子很享受这个过程,有时居然要亲自操刀。每逢此时,人们都别过头去,不忍直视他的残暴。

奥本格兹没有教会人们如何敬爱真神,但却教会了人们如何畏惧真神。现在只要一提起真神的名字,再淘气的孩子都会立刻噤声。鹿丹让祭司和奴隶们传播这样的消息:真神要求所有人听

疯 子 | 187

从总祭司鹿丹的话；雅丹和那个自称真神儿子的骗子，将遭到诅咒，他们会经历可怕的灾难，早早死去。鹿丹还放话出去，诅咒最初的形式就是疼痛，所以任何武士，如果有疼痛，要立刻到总祭司这里来，证明自己的忠诚。这些消息的效果立竿见影，人们争相跑到阿鲁尔城要求参军，效忠总祭司。那些有个小病小灾的，都在暗自祈祷，希望不要再进一步恶化才好。

Chapter 22
骑格雷夫旅行

泰山找到了爱人,不想再冒任何风险,只想安全离开帕乌尔顿,所以两人走得很小心,也很休闲。久别重逢,有太多的话要述说,有太多经历要分享,有太多快乐要重温,至于穿越沼泽,本不是个大事,况且,现在考虑还为时尚早。

两人决定先是沿着金湖向北走,过河,绕过阿鲁尔城,从它上面和群山的中间走,那里是无人居住的中间地带,能够避开霍顿人和瓦兹顿人。就这样一路向西北走,最后到达狮子谷的对面,可以去拜访欧玛特,看看潘娜特丽是不是已经安全回到自己的部落。走到第三天,来到流经阿鲁尔城的河边,简突然抓住泰山的胳膊,指指前面的森林。森林边缘的大树下,站着一个庞然大物。

简低声问:"那是什么?"

"是格雷夫!我们现在的位置很糟糕,除了它站的地方,周围五百码内没有一棵大树。来,简,我们退回去,和你在一起,我可不想冒险,现在就寄希望于它没发现我们。"

"可它要发现我们了呢?"

"那就只好冒险了。"

"冒什么险?"

"我曾经制服过格雷夫,记得吗?我跟你讲过,现在也可以试着去制服它。"

"是讲过,可我没想到它这么庞大,天啊,它像一艘战船。"

泰山笑起来:"那倒不至于,不过,它进攻起来,倒真有些像。"

两人慢慢向后退,尽量不引起格雷夫的注意。

"估计可以逃走!"简低声说道,声音里有压抑不住的兴奋。格雷夫低吼起来,声音像打雷一样。泰山摇了摇头,咧嘴一笑:"好戏就要上演了。"他突然把简搂在怀里,亲了一下,"我们永远无法预判,简,我们只能尽力做到最好。把矛给我,不要跑。现在唯一的希望在它那里,希望能制服它。我去试试!"

大家伙走出树荫,睁着昏花的小眼睛,四下寻找。泰山模仿兽人的声音喊起来:"威——欧!威——欧!威——欧!"大家伙受这声音的吸引,停了下来。泰山拉着简走上前去,继续喊着,"威——欧!"格雷夫从胸腔里发出低低的"咕噜"声,慢慢向他们走去。

"太棒了!"泰山叫起来,"现在形势有利,你不紧张吧?"

"只要和人猿泰山在一起,我就不害怕。"她柔声回答,但泰山感觉到了那抓着他胳膊的小手,似乎抓得更紧了。

两人肩并肩走向这头史前怪兽,到了跟前,泰山边叫着"威——欧",边拿长矛的柄敲打格雷夫的鼻子。正如泰山预期的那样,大家伙"呼呼"喘气,却并没有任何别的动作。

"来吧!"泰山招呼简,带着她绕到格雷夫的背后,抓着尾巴,爬了上去,"现在,就让我们像原始先祖一样骑行吧!国王的庆典也比不上这个吧!想想骑着格雷夫走在海德公园里的景象!估计警察会被吓坏了!是不是,简?"简大笑起来。

泰山指挥着格雷夫往前走,陡峭的河堤和大河都成了一马平川。"这真是个史前坦克啊!"简笑着评论。两人高高兴兴赶路,走到一小片空地时,遇到了十几个霍顿武士,当时他们正躺在树荫下休息,看到格雷夫,尖叫着四散奔逃。格雷夫听见尖叫,也咆哮起来,向他们冲去。眼看着就要追上其中的一个了,泰山连忙拿矛柄使劲敲打它的鼻子,让它停了下来。那个被追赶的武士惊慌地回头张望了一眼,逃进树林里,消失了。

泰山很高兴。原来还担心控制不住格雷夫,打算不等到狮子谷,就放它走,现在看来不用了,可以一路骑行到狮子谷,反正那里也有足够的食物给它吃。这样做并不是一时兴起,他要为妻子的安全考虑,而坐在这个庞然大物的背上应该是最安全的了。

骑在格雷夫背上,夫妇俩慢悠悠地向狮子谷方向进发。与此同时,十几个惊慌失措的武士气喘吁吁跑回阿鲁尔城,偷偷讲述遇到真神儿子的故事。他们不敢公开喊他真神的儿子,只说是看见可怕的泰山坐在格雷夫身上,旁边坐着柯坦想娶来做王后的那个美丽女人。故事很快传到了鹿丹的耳朵里,他叫人把武士们喊来,仔细询问,最后确认,他们说的是真的。了解到两人往狮子谷去了,鹿丹猜测他们一定是到雅鲁尔找雅丹去了,时间紧迫,赶紧把潘萨特喊来商议对策。计策很快定了下来,潘萨特回到自己的住处,脱掉面具和祭司的衣服,换上武士的行头,回到了鹿丹那里。

"太好了!"鹿丹看到潘萨特叫了起来,"就是其他的祭司和服侍你的奴隶也看不出来你是谁了。别耽搁时间,潘萨特,一切就靠你了!记住,最好能杀死那个男的,但一定要把女的活着带回来,

骑格雷夫旅行 | 191

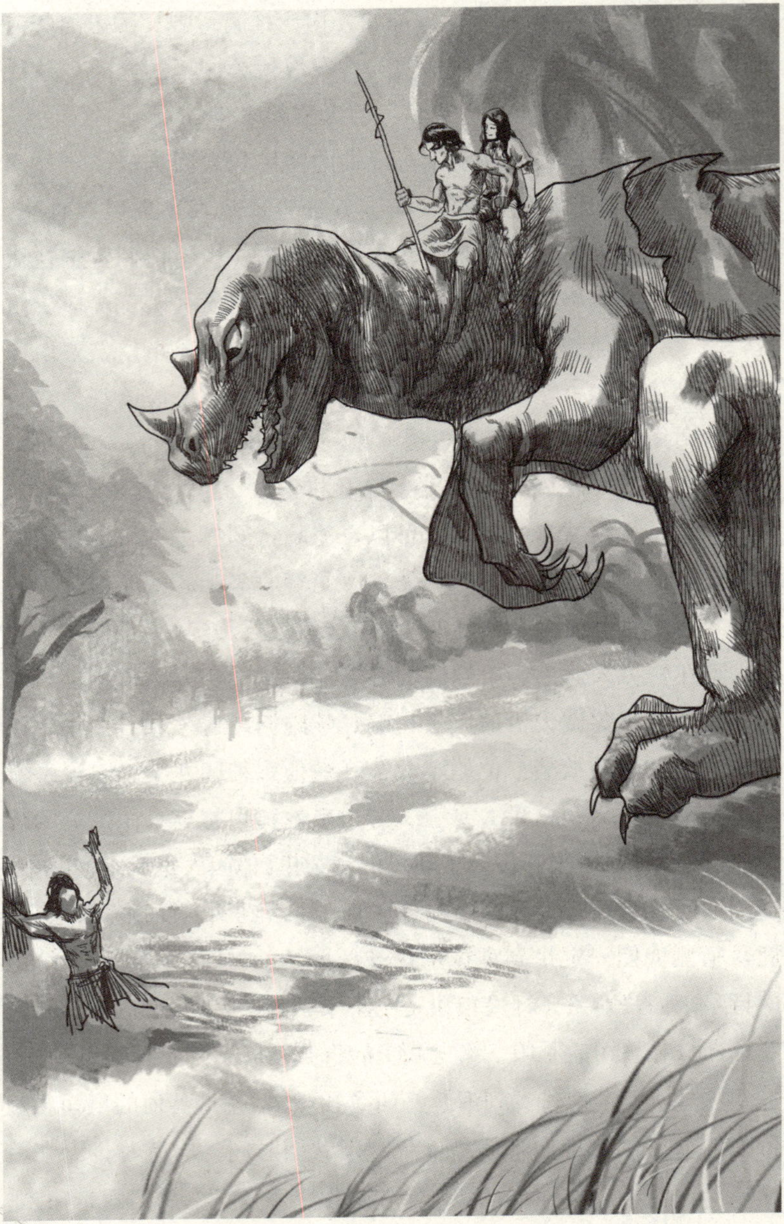

明白吗？""好的，主人！"

后来就看到，一个武士从阿鲁尔出发，向西北方向的雅鲁尔走去。

雅丹选择狮子谷旁边一个无人居住的峡谷来练兵，这主要出于两点考虑：一是这里比较隐蔽，突袭也不容易被敌人发现；二是他不想让大家听见谣言。他知道，有小道消息在传雅本欧索真神已经现身，支持鹿丹武力镇压雅丹。要想不被神的报复吓倒，需要忠心和强大的心脏，可已经有普通士兵开始开小差，雅丹的事业眼看着摇摇欲坠。

峡谷口的土墩上有士兵站岗，他捎话回来，看见山谷下方有两个人骑着格雷夫，似乎正朝这里走来。雅丹起初并不相信，不过仍然决定亲自去看看，一探究竟。他站到土墩上，旁边有个武士指给他看："他们现在离得越来越近了，你可以看得很清楚。"是的，五百码外，有两个人骑在格雷夫背上，这情景真是前所未有，就算亲眼所见，也像在梦中一样，不过，并不是梦，不仅不是梦，格雷夫背上的人他还认识。他跳起来大喊："是他！是真神的儿子！"

格雷夫听见喊声，暴躁起来，向土墩方向冲过去。雅丹和他勇敢的武士迎了上去。泰山可不想再起争端，竭力控制格雷夫，费了好大劲才让它停了下来。这时雅丹和武士们也意识到了格雷夫并不友好，连忙就近爬到了树上。雅丹向骑着格雷夫停在树下的泰山喊道："真神的儿子，我们是朋友啊！我是雅鲁尔的酋长雅丹。我和我的武士愿意匍匐在真神儿子的脚下，祈祷他能帮我们打败总祭司鹿丹，赢得我们正义的战争。"

泰山问道："你还没有打败他啊？我还以为你早就当上帕乌尔顿的国王了呢！"

"没有！人们害怕总祭司，而且他还找了一个人自称是真神本人，我的武士们都很害怕。如果他们知道真神的儿子回来了，而且支持我们的事业，我们就一定能赢得胜利。"

泰山想了很久，最后说："雅丹是为数不多相信我、愿意给我公正对待的人，我欠雅丹一个人情。我还要找鹿丹算账，不仅为我，也为我的爱人。雅丹，我愿意和你一起去，让鹿丹接受他应有的惩罚。告诉我，真神的儿子该怎么为他父亲的子民提供帮助？"

雅丹回答："和我一起去雅鲁尔和附近的村落走一走，让村民知道，真神的儿子回来了，他会支持雅丹的事业！"

"你认为他们还会相信我吗？"

"还有谁敢怀疑一个坐在格雷夫背上的人不是神呢？"

"如果我和你一起去攻打阿鲁尔，你能保证我妻子在这段时间里的安全吗？"

"她会待在雅鲁尔，和欧罗拉公主以及其他女人在一起。我会派值得信任的武士去保护，她会很安全。"雅丹回答，"哦，真神的儿子，如果你能加入，我们一定能赢。我的儿子塔登正带着他的队伍从西北方向往阿鲁尔城进发。如果你能带队，从东北方向进攻，那肯定能赢得胜利。"

"希望能如你所愿。不过，雅丹，现在得先给格雷夫喂些肉。"

"军营里肉多着呢，我们的人没什么事干，净打猎了！"

"太好了！赶紧让他们拿过来。"

肉很快拿来了，泰山从格雷夫背上下来，亲自喂它，同时告诉雅丹，"一定要确保它有足够的肉吃。"估计要是格雷夫饿得狠了，就不会那么听话了。

第二天一早，泰山去看格雷夫，发现昨天晚上放到那里的两头羚羊和一头狮子，都已经被吃完了。"古生物学家居然说它是食草动物。"泰山嘟囔着。

雅丹选择了一条途经各个村落的路线,希望能引发村民支持自己事业的热潮。一个先遣队先行出发,让沿途村民做好准备迎接真神的儿子,同时也提前告知村民格雷夫的存在。效果很好,所经之处,村民都虔诚地相信泰山就是真神的儿子。

快到雅鲁尔的时候,一个外来的武士加入队伍,自称是南边村子的人,受到了鹿丹手下酋长的不公正对待,决定弃暗投明,来北方的雅鲁尔安家。老酋长欢迎各方力量的加入,就带着这个陌生的武士一起来到了雅鲁尔。

现在的问题是该如何处置格雷夫。原来刚到雅丹在峡谷里的军营时,泰山费了很大的劲,才控制住它,不让它攻击人。不过,一路走到雅鲁尔,它似乎已经适应霍顿人了。当然,当地人也不给它冲动的机会,都离得远远的,想看的话,就从窗户和房顶上看。就算它已经很温顺了,也不敢放它在城里任意走动,最后还是在王宫里,找了一处有院墙的地方,给它留了足够多的肉,把它圈养了起来。王宫里的人都吓坏了,根本没人冒险爬上墙头去看一眼。

雅丹带着泰山和简去欧罗拉公主的住处,后者一看到泰山,立刻匍匐在地,用头去碰触泰山的脚。潘娜特丽看到他,也非常高兴,当得知简就是泰山的妻子时,立刻对简也恭敬起来。现在,就算是最犹豫不决的武士,也坚信他们正在侍奉神和神的妻子,有了这两位的帮助,雅丹的事业很快就会成功,这个像狮子一样坚毅的人将成为帕乌尔顿的新国王。

泰山从欧罗拉公主那里得知,塔登已经回来了,等他攻打阿鲁尔回来,他们就会按照霍顿的风俗和宗教的仪式,举行婚礼。

城里正在招募新兵。按照计划,第二天泰山和雅丹会回到大部队的驻扎地,等到天黑向阿鲁尔的鹿丹发起进攻。塔登就在金湖北边，离阿鲁尔很近，已经有人给他传信过去。

泰山要和雅丹一起去攻打阿鲁尔，就得把简留在雅丹的王宫，好在还有欧罗拉公主她们，也有众多士兵保卫，应该很安全。泰山和妻子道别，骑上格雷夫，和雅丹的队伍出城而去。

到达大部队驻扎的峡谷入口，泰山决定放格雷夫走，此时它已经完成了历史使命，偷袭阿鲁尔不能大张旗鼓，当然也不能骑着这个庞然大物。他拿矛柄狠狠敲了它几下，它就低吼着往格雷夫峡谷方向跑走了。这个暴脾气的大肚汉并不依赖它的主人，当然泰山也不难过。

他们和大部队一会合，就向阿鲁尔进发了。

Chapter 23

活 捉

夜幕降临,一名雅鲁尔王宫的武士偷偷来到神庙,朝小祭司们的住处走去。晚上的祭祀已经结束,明天早上的祭祀还早,吃过晚饭没事,小祭司们往往会聚堆,而武士和祭司的往来很频繁,所以没人关注他的出现。

整个帕乌尔顿都知道,雅丹王宫和神庙的关系很一般,雅丹之所以容忍祭司的存在,只是因为千百年来,整个帕乌尔顿都是这样的风俗,贸然插手阻止这些祭祀活动太过轻率。不过,众所周知,雅丹从不进神庙,那里的总祭司也不到王宫去,但祭祀活动和村民献祭、还愿照常进行。这个武士对雅鲁尔的情况非常了解,所以来神庙寻求帮助。

他走进房间,以惯常的方式向祭司们打招呼,同时手指轻微地做了一个动作,一般人不注意,可能根本看不出来,但了解这个动作的人就会一下子明白。有两个祭司看到了,立刻站起来,朝他走去，并回以同样的动作。三个人站在门边说了一会儿，武士就走了，过了一会儿，和武士说话的祭司之一起身离开，又过了一会儿，另一个也出去了。两个祭司发现武士在走廊里等他们，领他走到一个小一点的走廊里，那里有一个小房间。三人在房间里密谋了一会儿，各自散去。

一条又长又直的走廊，一边连着许多房间，房间出口对着走廊，雅鲁尔王宫的妇女们都住在这里，简也住在其中的一间房子里。走廊另一边有很多窗户，可以看见外面的花园。走廊两端有哨兵把守，卫队就住在靠近门口的一间屋子里。

不像阿鲁尔王宫夜夜狂欢，雅丹要求大家早早休息，所以整个王宫一片寂静，只有哨兵在站岗。雅丹的住处、神庙的门口和王宫大门都有哨兵把守，不过，人数不多，一般也就五六个，而且只有一个保持清醒，其他的都在睡觉。这时，两个武士出现了，他们分别来到王宫妇女居住的走廊两端，重复换岗的口令。按说换岗前，哨兵还应该问很多问题，可是有几个哨兵喜欢一直站岗呢？现在有人来换岗，高兴还来不及，哪里还会问什么问题？

两个武士换过岗不久，又来了一个武士，三个人一起进入走廊，来到泰山妻子的房前。后来的那个武士，就是头一天在城外投靠雅丹的那个外来武士，也是一个小时前进入神庙的那个武士。另外两个武士面孔很陌生，当然，祭司们即使在同僚面前，也很少不戴面具的。

三人偷偷挑起门帘，摸黑进入简的房间，尽量不发出一点儿声音。角落里，简在兽皮床上酣睡，月光透过窗户，照在她身上，展现出浮雕般曼妙的曲线。酣睡者的美丽和无助没有激发这三个人的热情或同情，也没有激发他们想占有这个女人的欲望，在他们看来，她和一摊泥没什么区别。

房间的地板上有很多兽皮，领头的武士捡起一块，来到简的床前，走到她头的位置。他低低说了一声"开始"，就把兽皮蒙在简的头上，不让她出声，另外两个扑过去摁住她的胳膊和身体，捆住她的手脚，最后又把嘴给堵上，这一切发生得非常迅速，没有惊动旁边房间的人。

他们把简拽起来，拖着向窗边走，简不肯，摔倒在地上。三个人非常生气，想用武力让她屈服，可是想想要让鹿丹知道了，自己还得受罚，只好把她抬起来。俘虏挣扎得厉害，又是踢又是拧，三人费了好大劲才把她从窗户扔到外面的花园里。王宫南墙那里有一扇小门，他们带着简从那里出来，外面有石头台阶通到河边，河边停泊着几艘小舟。

潘萨特的运气太好了，他从神庙找的这两个帮手对王宫和神庙的地形非常熟悉，要不也不可能这么轻易地把简掳走。把简放到小船里，自己也坐进去，拿起桨，两个祭司帮忙松开绳子，把船推进河里，潘萨特用力划起来，沿河向阿鲁尔驶去。两个背叛的祭司帮完忙，回神庙去了。

月已西沉，东方还没有破晓，一队士兵趁夜色蜿蜒而来，进入阿鲁尔城。塔登那边已经有信使去告知整个计划，这边泰山带着一支先遣队，打算从秘密通道进入神庙，雅丹带着士兵主力，准备从王宫正门进攻。整个计划周详，似乎没有失败的可能。

泰山带着这支小分队，沿阿鲁尔的小路，悄悄来到秘密通道口所在的那个建筑。这个地方因为只有祭司们知道，并无人把守。秘密通道又黑又不好走，泰山点了一根火把在前面带路。泰山对他们的计划很自信：如果能从秘密通道直达神庙内部，定会让祭司们惊慌失措，溃不成军，收拾完祭司，就可以从后面进攻王宫里的队伍，这时雅丹他们从正面也开始进攻，再加上塔登从北面夹攻，一定能很快取得胜利。雅丹很看重真神儿子所产生的心理威慑，让泰山一定要利用好自己的身份，还说鹿丹的武士其实一直在到底该效忠谁的问题上摇摆：他们对鹿丹的忠诚是基于恐惧，而对真神的儿子则是爱。

帕乌尔顿和苏格兰都有一条意思相近的谚语，大致就是：沿着正确的路走，也有可能到达错误的目的地。这句谚语，现在就应验在雅鲁尔的酋长雅丹和他神一般的同盟身上。

泰山打小就习惯独来独往，自己搞定一切，团队意识不强。现在，他领队走在前面，通道里很黑，弯弯绕绕的，又只有他拿着火把，还越走越快，不自觉就把同伴甩在了后面。于是，当到达鹿丹和祭司们居住的走廊时，就只剩下了他孤身一人。刚进走廊，泰山就发现有个武士从前面一个走廊走了出来，手里还半拖半拽着一个女人，那个被捆着的女人，居然是他认为应该安全待在雅鲁尔王宫的妻子。武士也看见了泰山，连忙带着简，躲进了走廊对面的一个小房间。泰山低吼着冲了过去，急于想夺回妻子，实施报复。他把火把扔到一边，提着父亲的刀跟进了房间。房间里一片漆黑，紧接着，就听见前方有石头和石头的碰撞声，身后也传来石头和石头的碰撞声。是的，泰山又落进了鹿丹在神庙里的陷阱。

听到第一声撞击，泰山就停了下来，一动不动，以防再次掉进格雷夫洞穴里。等到眼睛慢慢适应黑暗，他发现有光透进来，原来是房顶有小的洞口，直径大约三英尺，正是这微弱的光线让牢房不再如地狱般黑暗。

石头门阻隔之下，就算泰山的耳朵再灵敏，也听不到武士到底带着妻子往哪里去了。他开始细细观察牢房内部，是个小屋子，不足十五英尺宽。他爬着检查了一下整个房间的地板，在房屋正中间，正对着房顶的洞口，有一个陷阱，其他地方都是实心的，所以只需要避开房子中间这一块就行了。再看牢房的墙壁，有两个出口，一个是他进来的那个，一个是武士出去的那个，两个出口都被大石头堵着。

潘萨特把简·克莱顿带到鹿丹面前，放到房间的地板上。鹿丹十分兴奋，舔着嘴唇，搓着瘦骨嶙峋的双手，叫起来："潘萨特，太好了，我一定会大大封赏你的！现在，如果能抓住假的真神的儿子，整个帕乌尔顿就是我们的了。"

潘萨特说道："主人，我已经抓住他了！"

"什么？"鹿丹有点不可置信，"你抓住可怕的泰山了？你杀死他了吗？告诉我，无敌的潘萨特，快点儿告诉我，我的心都快要跳出来了！"

潘萨特回答："主人，我把他活捉了！他现在就在那个小屋子里，就是先人建来活捉强者的地方。"

"你做得太好了，潘萨特，我——"

鹿丹还没说完，一个惊慌失措的祭司冲了进来："快，主人，快，走廊里到处都是雅丹的武士！"

总祭司叫起来："你疯了吧！我的武士把守着王宫和神庙呢！"

"我说的是真的，主人，走廊里的武士正在往这边来，是从秘密通道过来的。"

"他说的可能是真的，"潘萨特插进来，"可怕的泰山也是从那里过来的，他当时正领着武士入侵这个神圣的地方。"

鹿丹跑到门口，向外张望，怪不得祭司这么害怕，外面有十几个武士正向他走来。不过，他们看起来茫然无措，想来是失去了领头人泰山，走在这地下迷宫里，已经不辨东西。退回到房间里，鹿丹抓住从屋顶垂下来的一条皮绳，使劲拉了起来，之后，整个

活捉 | 201

神庙就响起了低沉的铁锣声。锣声响了五次以后,鹿丹转身对两个祭司说:"带着那个女人,跟我来!"

他们穿过房间,从一扇小门出来,进入一条狭窄的走廊,走过几级台阶,向右拐,再向左拐,再从一条蜿蜒的小路拐回去,最后从一段旋转楼梯上到地面,进入紧挨着东面祭坛的一个室内祭祀大厅。

无论是地面上,还是走廊里,四处响起匆忙的脚步声。锣声响了五回,意思是让忠于鹿丹的人赶来保卫总祭司,现在熟悉道路的祭司带着不熟悉道路的武士都向鹿丹的住处赶来。泰山的先遣队发现自己不仅群龙无首,还面临强敌,即使再勇猛无畏,这时候也施展不开了,只好退回到秘密通道里。因为每次只用面对一个敌人,通道里还是相对安全的,不过,他们的计划可就搁浅了,或者说他们的事业整个就要毁掉了。

听见锣声,雅丹以为泰山他们已经得手,开始攻城。鹿丹在神庙里,听着战争的呐喊声,决定让潘萨特他们守着简,自己亲自去督战。在去的路上,他派一个信使去看看走廊里的战况如何,又派出很多信使,去散布消息:假冒真神儿子的人已经被俘虏了。

战争的喧嚣声越来越大,把奥本格兹中尉从睡梦中吵醒了。他坐了起来,揉揉眼睛,四下看看,外面还是漆黑一片:"我是雅本欧索真神,谁胆敢打扰我睡觉?"

蜷伏在床尾的奴隶听见中尉的声音,吓了一跳,他可知道,任何小事都可能惹怒这尊真神,赶紧趴在地上,细声说道:"肯定是敌人来了,雅本欧索真神。"正说着,一个祭司冲了进来,跪在地上,以头触地,嚷嚷着:"真神啊,雅丹的武士正在攻打王宫和神庙,现在在鹿丹住处的走廊里还有他们的武士,总祭司恳求你赶紧过去,激励你的武士勇敢作战。"

奥本格兹一下子跳了起来:"我是雅本欧索真神,那些人居然敢进攻神圣的阿鲁尔城,我要用闪电劈死他们。"他在房间里毫无目的地瞎转了半天,祭司和奴隶都老老实实趴在地上,不敢抬头。"起来,"奥本格兹狠狠踢了奴隶一脚,"起来,黑暗势力已经占领光明之城,难道你还要一直待在这里吗?"两个人已经吓呆了,惊慌失措地跟着他来到王宫。王宫里除了士兵的呐喊,还有祭司在持续不断地重复:"雅本欧索真神在这里,假冒真神儿子的人已经被俘了。"最后,大家都知道了这个消息。

Chapter 24

死亡信使

　　太阳东升，雅丹的队伍还滞留在王宫门口。在占领了宫门外一处高大的建筑之后，雅丹就派了一个士兵去那里站岗，观测王宫北边的情况。按计划塔登早该从那里攻城了，可是几个小时过去了，没有丝毫的动静。阳光已经照上王宫屋顶，总祭司鹿丹、觊觎者摩萨尔和一个浑身赤裸、头上插满花花草草的陌生人走了出来，他们身后，大约二十个小祭司在齐声高喊："雅本欧索真神在此，放下武器投降吧！"他们不断重复着这句话，间或加上一句，"假冒真神儿子的人已经被俘了。"

　　打仗需要耗费很大体力，因此经常会打打停停，在一次战争间歇，雅丹队伍里有人站起来喊道："把真神的儿子带出来看看！我们不相信你！""等着啊！"鹿丹高叫道，"如果太阳西沉，我还没有把他带出来，我就让武士们放下武器，开门投降！"说完，转身向身边的祭司发布指令。

泰山在牢房里来回踱步，自责自己的愚蠢，可真的是愚蠢吗？看见妻子，不去救她，还能干什么呢？他只是好奇他们是如何把简劫走的。泰山突然想起来，好像在哪里见过劫持简的武士，非常眼熟。一番梳理回忆之后，他记起来，那天骑着格雷夫遇到雅丹，后来有个外来的武士要加入雅丹的队伍，这两个人是同一个人。可这个人是谁呢？在此之前，似乎从来没有见过他。

外面传来敲锣声，还有杂乱的脚步声和叫喊声，估计他的小分队已经被发现了，正在战斗，而他却深陷囹圄，不能投身作战，真是抓狂！他尝试撬开大门，门纹丝不动，看看头顶的洞口，空无一物，只能如困兽一般在牢房里转圈。时间一点点逝去，远处厮杀声不断，战争仍在继续，不知雅丹的队伍是否取得胜利，可就算取得了胜利，他们能发现密室中的他吗？

他又朝屋顶的洞口看了一眼，发现好像有东西垂下来，走过去，定睛再看，真的，是一根绳子。先前有没有呢？没有听到上面有声音，估计应该一直在那里，屋里太黑，刚开始没有发现。

泰山伸手抓住绳子，试一试能否经得起他的重量，然后松手，后退，观察动静；之后，再抓住绳子，测试，再松手，后退，不断地检测。这些动作就像动物在试探不熟悉的东西一样，看来泰山确实和丛林里的野外生物有很多相似之处。他一直小心避开陷阱的位置，也注意把绳子拉到一边，以免往上爬的时候，掉下来，掉到陷阱里。他一点一点小心翼翼往上爬，快接近房顶了，马上就能看见洞口外面了，把双臂从洞口伸出去，突然有什么东西套住了他，把他悬在了半空中，进退不能。

洞口外面的房间亮起了灯，他看见有祭司正在往下看他，手里拿着皮绳，把他从手臂到手指头，捆了个结结实实。祭司后面还有帮手，他们一起用力把他拽了上来。到了上面，泰山看明白

死亡信使 | 205

他们是怎么抓住他的了：洞口外面围着两条绳索，各有一个祭司抓住绳子的一端，当他沿绳子爬到套索里，这两个祭司拉紧绳子，一下子就把他套住了，根本没有还手之机。现在他们把他的腿脚也绑了起来，一句话也不说，直接带着他来到了神庙的院子里。

雅丹又发起了新一轮攻势，可是塔登还没有出现，武士们的士气也在低落。正在此时，祭司们把可怕的泰山带上了王宫的屋顶，展示给敌对的双方。

"假冒真神儿子的人在此！"鹿丹高叫着。

奥本格兹根本不清楚事情的进展，也不明白为什么会带出来一个五花大绑的俘虏，可当他发现这个人居然是泰山时，吓坏了，整个脸都白了。他见过泰山一次，也无数次梦见过他，可每一次梦里，都是泰山在实施报复。三个德国军官带着部队，洗劫了泰山的家园，领头的施耐德已经为此受到了惩罚，少尉戈斯也付出了代价，现在轮到他奥本格兹了，这些天一直梦到的惩罚和报应就要应验了。这个德国人吓破了胆，压根没有意识到，五花大绑的泰山根本伤不了他。鹿丹看着瑟瑟发抖的中尉，很担心民众看到了，会怀疑这个疯子根本不是真神，相反，可怕的泰山更像神一些。周围的武士已经开始指指点点，鹿丹踱到奥本格兹跟前，低声说："你是雅本欧索真神，去谴责他！"

德国人甩了甩头，意识清醒了一点儿，总祭司的话让他看到了希望，他叫起来："我是雅本欧索真神！"泰山看着他的眼睛，用流利的德语说："你是德军的奥本格兹中尉，是我要惩罚的三个人中的最后一个，你邪恶的内心一定清楚，上帝不会无缘无故让我们再见一面的！"

奥本格兹中尉的脑子转得飞快。他看到了周围人疑惑的目光，也看到了交战双方都停下来，盯着他和五花大绑的泰山，深知再不采取行动，就得完蛋。他收起装疯卖傻的样子，以普鲁士军官的口吻，厉声说道："我是雅本欧索真神，这个人不是我的儿子，他亵渎了真神，作为惩罚，要在祭坛上处死他。把他带走，待到午时，让虔诚的民众在广场聚集，亲眼见证这只圣手的怒火！"说完，举起了他的右手。一旁的鹿丹看到这种变化困惑不已，但也不作声。

祭司们把泰山押了下去，德国人又转向了大门前的武士，"雅丹的武士，放下武器，否则我将呼唤闪电劈死你们！放下你们的武器，按我说的来做，你们会得到原谅，来吧，放下武器！"

雅丹的队伍开始骚动起来，一会儿祈求地看看自己的首领，一会儿恐惧地看看屋顶的"真神"。雅丹来到队伍前方，扬声说道："让那些懦夫和胆小鬼扔下武器，进入王宫吧，雅丹和雅鲁尔的武士绝不会向鹿丹和他的假神俯首称臣！自己做选择吧！"

确实有人放下武器，目光瑟缩地通过大门进了王宫，后面又跟了几个意志不坚定的。绝大多数武士还是选择坚定地站在老酋长这一边。等到最后一个胆小鬼进了城，雅丹大吼一声，带头开始了又一轮进攻，一开始队伍推进得很厉害，但不久又退了回来。时间已近中午，塔登的队伍还没有出现。

鹿丹把剩余力量集合起来，在潘萨特的带领下，从秘密通道绕到雅丹队伍后面，发起进攻。雅丹腹背受敌，很快就寡不敌众，成了俘虏。总祭司吩咐："把他带到神庙大院去，让他亲眼见证同谋的死，或许雅本欧索真神能以同样的方式把他也处死。"

神庙内院里挤满了人。东边祭坛的两边站着泰山和他的妻子，都是五花大绑。泰山看见雅丹也被绑着带了进来，转向妻子，示意她往那个方向看，同时平静地说："看来一切都结束了，我们最后的希望也破灭了。"

"至少我们团聚了，约翰，我们最后的日子是在一起度过的，我只祈祷，他们不要只杀你，而把我留下来。"

泰山没有回答，内心也同样痛苦。他不怕死，但怕他们把妻子单独留下来。他试图挣脱绳索，但绑得太结实了，根本动不了。旁边有个祭司看见了，狞笑着扇了他一耳光。简怒斥："畜生！"泰山却笑了："简，以前我也被这样打过，打我的人后来都死了。""你还心存希望？""我还活着。"这样的回答似乎已经说明一切。

简是个女人，不像丈夫那样勇敢，无所畏惧。泰山被带到内院的时候，已经告诉她，奥本格兹判了他死刑，一到正午，就要处死他，可即使面对死亡，他也绝不认输。看见丈夫站在一群刽子手中间，勇敢而英姿飒爽，简内心悲叹命运的不公：那么优秀的人却要失去怒放的生命，变成毫无生气的死尸，要是能替他死，该有多好！她也知道，刽子手早有自己的打算：处死他，而她——简想了想，不寒而栗。

鹿丹和奥本格兹出现了，总祭司让德国人站在祭坛的后面，自己站在他左边，低声对他说着什么，同时指了指雅丹的方向，德国人也朝那边皱了皱眉，叫起来："处死假神之后，就轮到假的预言家。""那这个女人呢？也杀了？"鹿丹问道。"这个女人嘛，回头再说，"奥本格兹回答，"我要在今晚和她谈谈，让她好好想想惹怒真神的下场！"他抬头看了看天，对鹿丹说，"时间差不多了，准备献祭吧！"

鹿丹朝泰山身边的祭司点点头，他们把他抬起来，让他头朝南，平躺在祭坛上。简离丈夫只有几步之遥，她突然冲上前去，弯腰亲了亲丈夫的额头，低语道："再见，约翰。""再见。"他笑着回应。

祭司们跟上来，把她拖了下去。鹿丹把祭祀用的刀递给奥本格兹，后者看了看太阳，高高举起了刀，嘴里高叫着："我是真神，让神圣的怒火降临在敌人身上,让亵渎神的人去死吧!"话音未落,一声尖利、短促的声音响起,"雅本欧索真神"应声倒地。又是一声,鹿丹也扑倒在地。第三声之后,摩萨尔也倒地而亡。武士和民众判断出声音的方向,纷纷向西边望去。院墙之上,站着两个人——一个霍顿族武士,一个和泰山同族的人。后者肩膀上斜挎着一个奇怪的宽腰带,里面装着很多漂亮的筒状物,在阳光下熠熠放光,手里端着一个漂亮的东西,由木头和铁组合而成,一端还冒着青烟。

霍顿族武士的声音在人群中响起:"这是真神的死亡信使,他以真神的名义宣告,割断俘虏们的绳索,割断真神儿子和他伴侣的绳索,割断帕乌尔顿国王雅丹的绳索!"

潘萨特内心充满了宗教的狂热,现在眼看着自己服务的大厦轰然倒塌,而这一切只能归咎到躺在祭坛上的这个人——是他引发了鹿丹的死,是他让自己一点点膨大的权力梦功亏一篑。潘萨特偷偷向前挪动,然后突然冲上去,试图抓住奥本格兹掉落的祭祀用刀,去杀掉那个让自己梦碎的人。可惜,手还没挨着刀边,墙头上那个外来人手里握着的东西,又发出了一声怪叫,潘萨特尖叫着倒在主子的尸体旁边。

塔登对武士们吩咐:"抓住所有的祭司,不要迟疑,否则真神的信使会再度释放闪电的!"

武士和民众都已经见证了神的力量,就算不那么迷信的人都开始相信神的存在了。这些人本来就在鹿丹的真神和雅丹的真神儿子之间摇摆不定,现在摇摆回后者身上,也不是什么难事,而且,真神信使手里拿的那个无言的证据,更是坚定了他们相信后者的决心。于是,武士们纷纷行动起来,围住祭司。当他们再次回头往西墙上张望时,赫然发现,拥上来的武士里居然有很多浑身黑毛的瓦兹顿人。领头的外来人,右边站着霍顿人塔登,左边站着狮子谷的酋长欧玛特。

祭坛旁边的武士捡起祭祀用的刀，割开了泰山、雅丹和简身上的绳索，三个人肩并肩站在祭坛边上。那个外来人已经向这边走来，简的眼睛睁得老大，眼中有吃惊、不可置信和希望。外来人冲上前来，把武器甩到背后，抱住了这个女人。

"杰克，"女人在他的怀里喜极而泣，"杰克，我的孩子！"

泰山也走了过来，抱住了这两个人。帕乌尔顿的新国王和他的武士、臣民，面向这三个人，跪了下来，以头触地。

Chapter 25

回　家

鹿丹和摩萨尔覆灭了，帕乌尔顿的武士和酋长们聚到王宫大厅里，恭迎雅丹为王。老酋长坐到了金字塔的顶端，他的左边站着人猿泰山，右边站着泰山的儿子杰克。登基仪式结束之后，武士们手拿大棒宣誓效忠，雅丹选了一些忠诚的武士回雅鲁尔迎接欧罗拉公主、潘娜特丽和自己的家眷。

武士们开始讨论帕乌尔顿的未来，以及该如何管理神庙和处置这些祭司。祭司对王权不忠，还总想着扩充自己的势力，到底该怎么处置他们呢？雅丹转向泰山："让真神的儿子转达他父亲的意愿吧！"

泰山说："如果你们想取悦真神，这个问题就很简单。祭司们为了权力扩张，把雅本欧索描绘成一个可怕的神，只爱鲜血和灾难，这种错误的祭祀模式，最终导致神职的全面溃败。不要再让男人主管神庙，改由女性管理吧，她们会用善良、慈悲和爱管理好神庙的。把东边祭坛上的鲜血洗干净,把西边祭坛里的水抽干,原来我也对鹿丹这么说过,但他不听从我的命令。另外,把关在祭祀走廊里的俘虏都放了。人们可以在祭坛前放一些自己喜欢的礼物,神会赐福给他们,之后雅本欧索的女祭司们可以把这些祭品再分发给需要的人。"

大家显然非常赞同泰山的提议,长久以来,人们早已厌烦祭司的贪婪和残忍,现在神提出了一个可行的方案,不用再执行旧的祭祀模式,但民众的信仰得以保全。

"那现在的祭司如何处置?"有人问道,"如果真神的儿子愿意,我们可以在他们自己的祭坛上,处死他们。"

"不,"泰山叫了起来,"不要再流血了!给他们自由,他们想干什么就让他们干什么。"

那天晚上,宴会大厅里举行了盛大的庆典,帕乌尔顿历史上第一次,白种霍顿人和黑毛瓦兹顿人和平友好地坐在一起。雅丹和欧玛特还签订了协议,两个部落世代友好。

庆典上,泰山了解了为什么塔登没有按时出现。原来,有个自称雅丹信使的人过去告诉塔登,把进攻推迟到中午。等他们最终发现这个人是鹿丹的祭司假扮的,已经很晚了。他们处死了他,一路飞奔赶来。

第二天欧罗拉、潘娜特丽和雅丹的家眷来到了阿鲁尔王宫。在大殿里,塔登和欧罗拉、欧玛特和潘娜特丽举行了婚礼。

泰山一家作为座上宾,又待了一周的时间,最后泰山提出,他们要走了。东道主们并不知道天堂的位置,神是如何从天上的家来到人间,也不甚了了,所以当他们发现真神的儿子和他的妻子、孩子居然要翻山越岭离开帕乌尔顿,也没觉得有什么不正常的。

泰山一家取道狮子谷向北走,一路既有瓦兹顿武士保护,还

212

有塔登带着小分队陪伴左右。国王和他的臣民一直送到阿鲁尔边境，才依依不舍地挥手道别。泰山一家眼看着他们忠诚的朋友渐渐消失在视野中。

他们在狮子谷休息了一天，简顺便参观了一下这里的古老洞穴。接着又一路向北，他们避开了崎岖难行的帕斯塔乌尔韦德山，转而从对面的山坡下到沼泽去。在瓦兹顿和霍顿武士的护卫下，路途安全又舒适。不过，大家心里都有个疑虑——该如何穿越沼泽。泰山倒不担心，他这一生遭遇了太多的困难，都能圆满解决。其实他心里有一个简单的解决方案，不过，这得碰运气。最后一天早上，正准备拔营出发，附近树林里突然传来雷鸣般的咆哮。泰山笑了：机会来了，他们一家可以舒舒服服离开帕乌尔顿了。

他还拿着简做的矛。这是简的手工，他非常看重，一获解救，马上叫人去找，终于在神庙里找到，送还给他。他曾经笑着对简说，她祖父的燧发枪，作为荣誉，放在了她父亲波特教授家的壁炉上方，现在他也要把这支矛作为荣誉，放到自己家里的壁炉上方。

霍顿族的武士，有些是从雅丹军营就跟着泰山的，所以听见格雷夫的咆哮，并不慌张，只是望着他。瓦兹顿的武士则急着寻找大树，在他们眼里，就算是一大群武士也不是格雷夫的对手，他们的刀刺不穿它厚厚的皮，向它扔大棒，也无济于事。

"别慌。"泰山说道，拿着矛向格雷夫走去，嘴里发出"威——欧"声。咆哮变成了低吼，泰山又一次成功收服了格雷夫。结果，泰山一家坐在史前恐龙的背上，轻松穿越了沼泽。等到越过沼泽，他们挥手向那边的塔登和欧玛特告别，之后驱赶着这个庞然大物一路向北。等到确信他的帕乌尔顿朋友已经安全返回，他才让格雷夫调转头来，让妻子和儿子下来，然后对准它重重一击，让它返回它的栖息地。他们站在那里静静地看着刚刚离开的土地——

回家 | 213

兽人和格雷夫居住的地方，狮豹出没的地方，瓦兹顿人和霍顿人居住的地方，一个充满了恐惧、死亡、和平和美丽的地方，一个他们学会了爱的地方。

他们转身继续向北，勇敢、愉快地向着那个最好的地方——家，出发。